Stanislaw Przybyszewski

De Profundis

Classic Pages

Przybyszewski, Stanislaw

De Profundis

Reihe: *classic pages*

ISBN: 978-3-86741-519-4

Auflage: 1
Erscheinungsjahr: 2010
Erscheinungsort: Bremen, Deutschland

© Europäischer Hochschulverlag GmbH & Co KG, Fahrenheitstr. 1, 28359 Bremen (www.eh-verlag.de). Alle Rechte beim Verlag und bei den jeweiligen Lizenzgebern.

Pro domo mea

In ein paar Wochen gedenk' ich ein Buch herauszugeben: »De profundis«, dem ich jetzt schon einige Begleitworte anstelle der Vorrede vorausschicke.

Ich möchte das Buch nur in wenigen Händen wissen – es ist kein Buch für das Volk – und diesen Zweck glaub' ich dadurch zu erreichen, dass ich es nur in einer sehr beschränkten Anzahl von Exemplaren drucken lasse.

Ich habe in diesem Buche das Gebiet des sogenannten »normalen Denkens«, also das Gebiet des »logischen Gehirnlebens«, des Lebens in der »Realität« (!) gänzlich verlassen. Alle, die sich auch nur ein wenig mit dem Seelenleben beschäftigt haben, wissen, was das »freisinnige Bürgertum« unter dem normalen Denken versteht: Alles, was über die Begriffssphäre des ehrbaren Müller und Schulze hinausgeht, ist natürlich verrückt. Selbstverständlich ist für diese Menschen *Goethe* der Maßstab des »normalen« Empfindens, wobei natürlich übersehen wird, dass er in seinen Epigrammen Proben von einer schon ganz schön vorgerückten sexuellen Perversität abgegeben hat.

Nun ja: Dies ehrbare Gehirnleben, dies uniforme Gehirnleben, dessen Denkgesetze sowohl für den niedrigsten Bildungsplebejer von der Sorte *Max Nordau* wie für den entwickeltsten und scharfsinnigsten Gehirnaristokraten von der Art *Nietzsche* im gleichen Maße gelten, fängt an, furchtbar langweilig zu werden. Das hat auch *Nietzsche* eingesehen, und so schrieb er sein »verrücktes« Buch, d. h. sein seelischstes Buch: »Also sprach Zarathustra« ...

In » *De profundis* « handelt es sich um die Manifestation des reinen Seelenlebens, der nackten Individualität, des Zustandes der somnambulen Ekstase, oder wie die zahllosen Worte auch heißen mögen, die eine und dieselbe Tatsache ausdrücken, die Tatsache nämlich, dass es noch etwas Anderes gebe außer dem dummen *Gehirn*, ein au delà vom Gehirn, eine unbekannte Macht mit seltsamen Fähigkeiten begabt, nämlich: die *Seele – die Seele*, die Ekel empfand, in der fortwährenden Berührung mit der lächerlichen Banalität des Lebens zu stehen und sich das Gehirn geschaffen hatte, um sich nicht jeden Tag prostituieren zu müssen ...

Das Surrogat dieses unsichtbaren Seelenlebens, das logische Gehirnleben, kennen wir nun zur Genüge. Das ganze Fazit aller seiner wissenschaftlichen und philosophischen Spekulationen ist ein *Ignoramus* und *Ignorabimus*, also eine gänzliche Bankerotterklärung all seiner verzweifelten Bestrebungen. Das künstlerische Fazit – risum teneatis amici – ist der Naturalismus, die seelenlose, brutale Kunst für das Volk, die Bürgerkunst par excellence, die biblia pauperum für das schwache »normale« Gehirn, das denkfaule, feige, plebejische Gehirn, das alles erklärt, alles zurechtgelegt haben will, das jede Tiefe, jedes Geheimnis verhöhnt und verspottet und für Verrücktheit erklärt, weil es die Seele hasst, nur weil es sie nicht begreifen kann. Ja! Das rohe, stupide Bürgergehirn – die famose vox populi – hasst alles, was es nicht verstehen kann, vielleicht auch, weil es die bekannte Plebejerangst hat, düpiert zu werden.

Nun ja: Man überlasse dem Plebejer, was des Plebejers ist, mit Vergnügen sogar einige Herren, die durchaus »Großgehirnaristokraten« genannt werden wollen.

Ich meine hier also eine andere Kunst. Die Kunst, die sich in der Malerei nicht mit der banalen Außenwelt, ein paar alten, stupiden Invaliden in Amsterdam zum Beispiel, beschäftigt, sondern der Welt, wie sie sich in der

Seele in seltenen Stunden, den Stunden der Halluzination und der Ekstase widerspiegelt. Ich denke auch nicht an die famosen Leoncavallos und die zahllosen Mascagnis, sondern etwa an die Fis-moll-Polonaise von Chopin, diesen grässlichen, nackten Seelenschrei. Ich meine hier auch nicht den feudalen Reinhold Begas, sondern Vigeland. Ja, ich denke jetzt an eine andere Kunst, die Kunst, die das Tageblatt-Bürgertum für verrückt, blödsinnig, impotent usw., usw. erklärt hatte.

In der Literatur hat diese Kunstgattung im orientalischen Altertum und namentlich im Mittelalter ungemein reiche Blüten getrieben. Ja, namentlich im germanischen Mittelalter. Keine Rasse hat so viele Mystiker, also Menschen, die des reinen visionären Seelenlebens teilhaftig wurden, hervorgebracht, wie gerade die germanische.

Für die moderne deutsche Künstlergeneration dieser Art, also Künstler, die sich mit den Phänomenen des Seelenlebens beschäftigen, scheint mir *Amadeus Hoffmann* der Urahn zu sein. Freilich hat Hoffmann an die seelischen Phänomene als solche kaum geglaubt. Er suchte sie rationalistisch zu analysieren, etwa wie ein anderer Herr den Übergang der Juden über das Rote Meer durch eine kolossale Ebbe erklären wollte; vielleicht suchte Hoffmann das Rätselhafte der Seele dem fetten Bürgergehirn, auf das er nun einmal aus buchhändlerischen Rücksichten angewiesen war, gegen bessere Überzeugung verständlich zu machen.

Der nun so gefeierte *Edgar Poe* hat sich des seelischen Problems als eines wissenschaftlichen Kuriosums bemächtigt, allerdings mit einer künstlerischen Macht, die mit kalten Schauern den Rücken überläuft.

Es folgen die Revolutionen von 48, die Revolutionen der Bildungssüchtigen und der Aufklärungsbedürftigen, die

Revolutionen mit ihren prachtvollen Errungenschaften: dem überflüssigen Parlamentwesen und dem wohlfeilen Presspiratentum. Pressfreiheit! Wundervoll! Das liberale Bürgertum fing an vermöge der Pressfreiheit den Gott abzuschaffen – nein! Das wagte es nicht von wegen der Monarchie, die von Gottes Gnaden bestand, aber es hat sein Dasein – auf »wissenschaftliche Gründe« gestützt – angezweifelt. Das liberale Bürgertum durfte aber wenigstens die Seele abschaffen und ihre unleugbaren Offenbarungen als Blödsinn und Humbug erklären. Gott, wie es sich gefreut haben mag, als der Spuk von Resau endlich entdeckt und gerichtlich abgeurteilt wurde!

Mittelmäßige, beschränkte Geister kommen zur Herrschaft: die Büchners, die Vogts, die Strauß, die Spencers und die Psychophysiologen und wie sie alle heißen mögen, die Braven.

Das goldne Zeitalter des Materialismus und des Berliner Tageblattes, des naturalistischen Dramas und der freisinnigen Politik!

Erst in der jüngsten Zeit hier und da einer, der verwundert vor irgendeiner seelischen Offenbarung stehen bleibt, vor einem langen Blick, der in später Stunde[1] gewechselt wird und den ganzen Menschen aufwühlt. Hier und da einer, der Angst bekommt vor einem momentanen Blitz der Seele, der durch das Gehirn fährt und das Unterste zu oberst kehrt. Hier und da einer, dem etwas zu Bewusstsein kommt, etwas Fremdes, Furchtbares, etwas, wovon er sich keine Rechenschaft geben kann: eine Idee, die – mag sie noch so schön physiologisch erklärt werden – nicht in den Ideengehalt

---

[1] Wie ich dem wohlfeilen Gehirn der Witzbolde das Witzemachen erleicht're!

seines Gehirnes hineinpasst, eine Tat, die unabhängig von dem Gehirnwillen, ja trotz des Gehirnwillens geschah. Das liberale Bürgertum hat dies alles für Verrücktheit erklärt, die famosen bürgerlichen Psychiater haben dafür den schönen Ausdruck »Psychopathie« gefunden, und der senile Schwachkopf Max Nordau hat sogar darüber zwei Bände geschrieben, lehrreich für eine Alterserkrankung dieses Herrn, an der bekanntlich schon Cicero litt.

Eine neue, unbekannte Künstlergeneration tritt also auf. In Belgien – (ich sehe hier von den sonderbarerweise anerkannten und Gott sei Dank nicht verstandenen Künstlern wie Huysmans und Maeterlinck ab) Verhaeren, Krains, Eckhoud, – in Skandinavien Ola Hansson – in Polen Przesmycki, – in Deutschland Dehmel und Schlaf. Freilich scheint Dehmel den Weg, den er mit solcher Macht und solcher Sprachgewalt in »Aber die Liebe« betreten hat, jetzt in seinen »Lebensblättern« verlassen zu wollen. Unter den Ländern aber, in denen diese literarische Revolution mit besonderer Kraft und Begeisterung geführt wird, scheint mir *Böhmen* obenan zu stehen. In der Reihe äußerst begabter und intelligenter Künstler nenne ich hier nur S. Machar und Jiří Karásek.

So weit musste ich ausholen, um den Zweck meiner jüngsten Publikation zu rechtfertigen.

Was ich also mit meinem »De profundis« bezwecke, ist einzig und allein, ein seelisches Phänomen darzustellen – ich denke die *Seele* immer im schroffsten Gegensatz zum *Gehirne*. Das ist alles. Aber ja: die Handlung! Hm, die Handlung, vielleicht auch Situation, Verwicklung, Intrige usw. Ich pflege keine Handlung zu haben, weil ich das Leben der Seele schild're und die Handlung ist nur eine Kulisse der Seele, eine schlecht bemalte Kulisse, wie sie auf einer Liebhaberbühne einer Kleinstadt zu sehen ist. Das Leben bedarf keiner Handlung, um Konflikte zu erzeugen. Dazu genügt ein harmloser Gedanke, der nach und nach vom ganzen Menschen Besitz nimmt und ihn zugrunde richtet.

Man sollte mir ja nur nicht wieder mit dem dummen Vorwurf kommen, ich sähe die Menschen nur auf das Geschlecht hin. Nun: ich sehe die Menschen weder »darauf hin«, ob sie geniale Geschäftsleute sind oder nicht, noch »darauf hin«, ob sie in einer scheußlichen finanziellen Misere leben oder sich Pferde und Maitressen halten können, noch »daraufhin«, ob Hans die Grethe kriegt oder nicht, ich sehe sie ebenso wenig »darauf hin«, was sie sonst als »logische Gehirnmenschen« sind, oder was sie als solche leisten können, eventuell leisten könnten, ebenso wenig, wie ich jemals ein Möbelstück oder ein Zimmerarrangement beschrieben habe: Ich sehe die Menschen lediglich »darauf hin«, ob es in ihnen jemals zur Offenbarung der *Seele* kommt oder nicht. Und weil es seltene Fälle sind, in denen sich die Seele offenbart, einmal vielleicht, wie nur einmal der Heilige Geist über die Apostel kam, so sind die Fälle, die ich analysiere, eben sehr seltene Fälle.

Das Einzige, was mich interessiert, ist also nur die rätselhafte, geheimnisvolle Manifestation der Seele mit all ihren Begleiterscheinungen, dem Fieber, der Vision, den sogenannten psychotischen Zuständen – doch ich will meine literarischen Freunde mit der bürgerlichen Psychiaternomenklatur nicht erheitern.

Ich schreibe: Man *sollte* mich mit dem Vorwurf verschonen, ich wage es allerdings nicht zu hoffen. Aber ebenso wenig wie ich etwas dagegen vermag, dass im ganzen Mittelalter die seelischen Offenbarungen durchweg nur auf dem Gebiete des religiösen Lebens zu finden sind, ebenso wenig kann ich etwas an der Tatsache ändern, dass in unserer Zeit die Seele sich nur in dem Verhältnis der Geschlechter zueinander offenbart. Mag man dafür der Seele die Vorwürfe machen, nicht mir. Denn alle sonstigen seelischen Phänomene der sogenannten »weißen Magie« entfallen ebenso wie früher auf das Gebiet des religiösen Lebens.

Wenn ich von der Offenbarung der Seele im Geschlechtsleben spreche, so meine ich natürlich nicht die fade, brave, komisch-pikante Erotik eines Guy de Maupassant, noch die süßlich-widerliche Unterrockspoesie für Konfektionösen eines Peter Nansen noch die gesättigte Gleichgültigkeit des Ehebettes. Was ich meine, das ist das schmerzhafte, angsterfüllte Bewusstsein einer unnennbaren, grausamen Macht, die zwei Seelen aufeinander wirft und sie in Schmerz und Qual zusammenzukoppeln sucht, ich meine die intensive Liebesqual, in der die Seele bricht, weil sie sich mit der anderen nicht zu verschmelzen vermag, ich meine das enorme Vertiefungsgefühl in der Liebe, wo man in der Seele tausend Generationen tätig fühlt, tausend Jahrhunderte von Qual und abermals Qual dieser Generationen, die an Zeugungswut und Zukunftsbrunst zugrunde gingen, ich denke nur an die seelische Seite in dem Liebesleben: das Unbekannte, Rätselhafte, das große Problem, das Schopenhauer zuerst ernsthaft in seiner »Metaphysik der Liebe« aufgeworfen hatte, freilich mit wenig Erfolg, weil die logischen Mittel für das Unlogische der Seele nicht ausreichen. Unsere Zeit, die überhaupt keine Probleme hat, die nicht schon durch die »tiefsten Geister« gelöst wären, kennt die Liebe nur als eine ökonomische und sanitäre Frage, und es ist ganz natürlich, dass für die bürgerliche Kunst die Liebe nur als der mehr oder weniger selige Weg in das finanziell und gesundheitlich geregelte Ehebett besteht. So kam es, dass dies tiefste Seelen- und Lebensproblem nur äußerst wenige Denker gefunden hat. Und sonderbar genug, dass gerade in einer solchen Zeit ein Künstler – allerdings auf dem Gebiet der »bildenden« Kunst – erstehen sollte, der in die schauerlichen Geheimnisse und Abgründe des Geschlechtslebens weit tiefer eingedrungen ist, als irgend ein Philosoph vor ihm: *Félicien Rops*.

Man sehe sich seine Werke an, und man wird verstehen, was ich unter der Offenbarung der Seele im Geschlechtsleben meine. Hier nur ein paar Worte, wie Félicien Rops den ewigen Erreger der Liebesgärung, das Weib, auffasst, um gleichzeitig auf die enorme Distanz zwischen dieser und der bürgerlichen Kunst hinzuweisen.

Für die bürgerlichen Künstler ist das Weib ein Spielzeug oder ein unglaublich edles Wesen, eine Kokotte, oder eine steif verschnürte, unnahbare Größe, sie ist ein Miezchen oder eine präraffaelitische Kunigunde ... he, he, wie singen doch unsere braven Lyriker von den verschiedenen Fräuleins?

Für *Rops* ist das Weib eine furchtbare, kosmische Macht. Sein Weib ist das Weib, das in dem Manne das Geschlecht wachgerufen hat, ihn an sich mit tausend wohlfeilen Listen kettete, ihn zur Monogamie erzog, die Männerinstinkte durcheinanderwarf, sie schwächte, verschob und verfeinerte, die Elemente seiner Begierden in neue Formen ordnete und ihm das Gift seiner teuflischen Lüste in das Blut impfte.

Und in der schmerzhaften Ekstase des Schaffens hat er die längstverlorenen Verbindungen wiedergewonnen, die uns an unsere mittelalterlichen Vorfahren knüpfen. Er ist nicht mehr der Mann, der sein Leben einsetzt für den lächerlichen Preis des Fünfsekundengenusses, er leidet nicht mehr unter dem Weibe, er bäumt sich auf in dem wilden Hass gegen die furchtbare, zerstörende Kraft und wird zu einem fanatischen Ankläger, der in der Raserei gegen seine eigene Natur das Weib unter Umständen dem Feuertode preisgeben würde, um die Welt von dem »größten aller Übel«, dem Weibe, zu befreien.

Und hier steht er vollkommen im Einklänge mit den mittelalterlichen Diabologen. Man lese nur die Doktoren: Bodinus, Sinistrari, Del Rio, Sprenger … zwei Welten schmelzen ineinander und begegnen sich in einer und derselben visionären Erkenntnis der Wurzel alles Daseins, der Wurzel jeglichen Schmerzes und aller Qual.

Soll ich nun jetzt vielleicht motivieren, warum ich in »De profundis« ein »succubat« – der Deutsche scheint keinen passenden Ausdruck dafür zu haben – geschildert habe, dies grässliche succubat, das der ganzen großen Kultur des Mittelalters in der grandiosen Schöpfung des Teufels und der Hexe den Stempel aufgedrückt hatte?

Ich hoffe: nein!

Ja, noch etwas: Die bürgerliche Kritik schreit so entsetzlich nach Kraft und Gesundheit. Sonderbar! Es gab wohl keine Zeit, die mehr stupid, mehr protestantisch und mehr borniert wäre, als die unsrige. Ist das nicht Gesundheit genug? Ist das nicht Gesundheit genug, dass unsere Zeit so krankhaft seelenlos ist? Und würden die Kraftmeier, die famosen Abse der Literatur nicht einmal zur Abwechslung ein solches Werk mit Interesse lesen können, ohne es gleich in den Schmutz zu ziehen und den Verfasser einen dekadenten Wüstling zu nennen?

Stanislaw Przybyszewski

Er ging müde und wie zerschlagen nach Hause. Es fröstelte ihn trotz der tropischen Hitze. Im Halse fühlte er feine, scharfe Stiche wie von glühenden Nadeln.

Jetzt würde er wohl ernstlich krank werden. Er fühlte es kommen. Und gerade hier: in einer fremden Stadt ...

Er ging schnell die Straße entlang. Nach Hause. Bald trat ihm kalter Schweiß auf die Stirne, eine unangenehme feuchte Hitze kroch schwül über seinen Körper, und die Stiche im Halse wurden noch häufiger und schmerzhafter.

Die Angst wühlte sich tiefer und banger in sein Blut: Er begann zu laufen.

Oben auf seinem Zimmer warf er sich aufs Bett.

Sein Herz schlug gewaltsam. Er fühlte, er hörte die feinsten Adern klopfen und zittern und sich in wachsender Macht mit Blut füllen, als ob sie platzen wollten.

Er setzte sich behutsam im Bett zurecht, nun reckte er sich langsam hoch: Es wurde noch schlimmer. Er schob die Kissen gegen die Wand, legte sich halb hin, presste die Stirn gegen die kalte Wand und horchte auf das Fieber.

Allmählich glättete es sich in ihm. Das Blut floss langsam zum Herzen zurück. Er hustete frei auf, ohne Schmerzen.

Er wartete. Ob es nicht wiederkäme?

Nein: Das Herz schlug fast ruhig, nur seine Hände fieberten und er war wie gebadet in Schweiß.

Er knöpfte langsam die Kleider auf und trocknete sich die Stirn. Nur seine Hände: Sie glühten so heiß und so feucht.

Nun ja: Es war nicht das erste Mal. Es wird sicher vorübergehen.

Seltsam, dass er jedes Mal, wenn er von seiner Frau wegfuhr, von diesem Fieber befallen wurde. Jetzt sollte er sie hier haben: Nur ihre Hände festhalten, und alles würde gut werden. Er würde sicher gleich einschlafen …

Wieder begann es in ihm zu schwellen. Sein Körper fing von Neuem an zu zittern, es würgte ihn im Schlund und seine Fäuste ballten sich krampfhaft.

Eine kranke Sehnsucht nach ihren Händen, eine quälende Gier, ihren Leib an sich zu pressen, sein Gesicht auf ihre Brust zu legen: Deutlich fühlte er ihre Hand mit leisen Schauern über seinen Körper gleiten und rinnen. Das Gefühl wurde so visionär deutlich, als wäre sein Tastsinn ein Organ für sich geworden mit einem selbständigen Gedächtnis: Er unterschied die feinste Gefühlsnuance, die er doch sonst nur bei der wirklichen Berührung ihres Körpers empfand.

Und die Sehnsucht fing an zu sprießen und schwoll und schoss wild hinauf. Die Qual krümmte seine Finger und zerrte an seinen Nerven, er kauerte zusammengekrampft, als wollt' er sich in seinen eignen Leib einwickeln.

Er fuhr auf und kam zur Besinnung. Sein Herz lief, eine rasende Angst bäumte sich steil in ihm hoch. Mit wachsendem Entsetzen hörte er auf das Klopfen und Brausen in seinem Körper. Er fühlte das Blut mit wütendem Drang die Gewebe anfüllen und auseinanderreißen.

Er sprang auf, blieb stehen, dumpf, starr. Seine Glieder flogen und seine Zähne klapperten in Fieberfrost.

Was sollte er nur anfangen?

Er durfte sich um Gotteswillen nicht eine Sekunde dieser Qual hingeben, sonst würde er sicher die Nacht nicht überleben.

Mit zitternder Ungeduld suchte er nach den Streichhölzern. Die Vorstellung, dass er sie vielleicht nicht finden würde, brachte ihn der Ohnmacht nahe, er tappte umher und atmete tief auf: Sie waren da.

Er zündete das Licht an und blieb lange reglos stehen.

Nun musste er an etwas denken, an irgend etwas Gutes und Ruhiges, etwas, das sich wie ein Ruhekissen unter seinen Kopf schöbe.

Plötzlich entdeckte er einen Brief – auf dem Tisch mitten unter seiner Wäsche.

Dass er den ganzen Tag nicht daran gedacht hatte, nachzusehen, ob ein Brief da wäre.

Es ging etwas Besonderes in ihm vor. Er ging ganz wie im Traum. Und jetzt hatte er keinen Mut, den Brief zu öffnen. Wenn irgend etwas Unangenehmes drin stand! Das würde sicher sein Gehirn zerstören.

Da wurde er wütend. Lächerlich, dass ihn das bisschen Fieber so herunterbringen konnte. He, he: Ein bisschen Fieber nicht überwinden zu können! He, he: Das bisschen Fieber würde er schon überwinden. Er hatte ja doch schon viel Schlimmeres durchgemacht …

Über seinem Gehirn lag etwas wie eine feine Eisplatte. Das kühlte förmlich. Er wurde plötzlich so ungewöhnlich klar. Aber es war, als würde die Gehirnmasse verdrängt, tiefer gepresst, die kühle Eisplatte wuchs zu einem Eisklumpen an, die Kälte begann wehzutun: Jetzt fuhr es ihm in langen, glühenden Striemen über den Rücken: Er lachte heiser auf.

Na natürlich! Ein ganz gewöhnliches Fieber ...

Er zerknitterte krampfhaft den Brief.

Ein ganz gewöhnlicher Fieberanfall ... Er begann zu pfeifen.

Nun fühlte er lange Nadelstiche in der Brust.

Aha: alte, gute Bekannte ... Wieder lachte er laut: Das würde ihn sicher nicht aus dem Konzept bringen, dazu müsste die Tortur viel, viel schmerzhafter sein.

Er ging langsam herum, lachte und pfiff.

Ja, richtig: eine Zigarette!

Aber der Rauch machte ihn schwindlig.

Nicht einmal rauchen durfte er: Das war doch wirklich schändlich. Das hatte aber doch nichts zu bedeuten, er war nur sehr schwach. Natürlich: Wenn man nicht isst, wird man schwach.

Ja, der Brief, der Brief ...

Er zerriss resolut das Kuvert, aber die Buchstaben tanzten vor seinen Augen, er sah lange hin, sammelte seine ganze Willenskraft und zwang sich schließlich, den Brief zu lesen und zu verstehen.

Er las langsam. Die Buchstaben waren so sonderbar lebendig. Als hörte er ihre Stimme, nur in einer neuen Form gegliedert:

Mein teuerster, mein einziger Mann, Du – Du ... mein!

Schon eine Woche, seit Du weg bist. Willst Du noch länger bleiben?

Ich bin neugierig, was Du den ganzen Tag über in der Stadt machst. Hast Du Deine Mutter besucht? Natürlich nicht. Aber mit Agaj bist Du oft zusammen, nicht wahr? Es muss ihr doch sehr schwer sein, fortwährend zwischen Dir und Deiner Mutter zu vermitteln. Sie ist ein so prachtvolles Mädchen. Ich liebe sie fast eben so sehr wie Dich und ich habe so oft über ihre Liebe zu Dir nachgedacht. Sie liebt Dich eigentlich gar nicht wie eine Schwester. Ich habe nie etwas Ähnliches unter Geschwistern gesehen? Bist Du sehr oft mit ihr zusammen?

Und morgen werden es zwei Jahre, seit wir verheiratet sind. Denk' nur: zwei Jahre! Hast Du den Tag vergessen? Ich bekomme doch sicher morgen einen langen, schönen Brief von Dir? Oder – oder? Ich wage es nicht zu hoffen, aber vielleicht kommst Du selbst?

Nein, nein, komm' lieber nicht. Ich habe das Gefühl, dass es Dir in der Stadt gefällt, und das macht mich glücklich. Du hast so entsetzlich gearbeitet und jetzt musst Du ein bisschen Abwechslung haben, ein wenig Luftveränderung, nicht wahr?

Aber wenn Du kämest, das wäre wunderbar. Ich liebe Dich – Du!

Du fühlst Dich doch sehr wohl – wie? Dann bleib' nur lieber, bleib, mein Teuerster Du! ... Und weißt Du, ich bin manchmal eifersüchtig auf Agaj, ich habe Angst, dass Du sie mehr liebst wie mich. Aber das ist doch Unsinn, nicht wahr? Du musst sie tausendmal von mir grüßen und ihr sagen, dass ich sie liebe, dass sie meine einzige Freundin ist.

Nun leb' wohl, Du, mein Liebling. Tausend Küsse von Deinem Weib.

Er fing an den Brief wieder von vorn zu lesen.

»Sie liebt Dich eigentlich gar nicht wie eine Schwester ...«

Ein heftiges Licht durchfurchte seine Seele.

Er sah deutlich Agaj vor sich sitzen. Das schwarze seidne Kleid schmiegte sich mit warmer Wollust um die schlanke, magere Gestalt. Er fühlte durch das Kleid die feinen, zarten Glieder.

Er ließ sich in den Fauteuil sinken.

Sie wich nicht von ihm. Immer sah er sie dicht, dicht neben sich. Er entkleidete sie mit den Augen, er wühlte in ihrer Nacktheit, er begehrte sie: Sein Gehirn begann in einem gierigen Taumel zu wirbeln.

Aber Agaj ist ja meine Schwester! schrie er entsetzt in sich hinein.

Da hörte er sie plötzlich sprechen. Er verstand nun alles, was er noch vor drei Stunden nicht verstehen konnte.

»Sie liebt Dich eigentlich gar nicht wie eine Schwester ...«

Die paar Worte schlugen sich tief in seine Seele. Es war, als wäre dort ein Pünktchen Licht hineingefallen, das nun plötzlich zu einer Feuersbrunst ausgewachsen war.

»Als Du das letzte Mal ins Ausland fuhrst, glaubt' ich, dass ich verrückt würde.«

Er hörte es damals fast gleichgültig an, und jetzt, jetzt endlich verstand er es.

Er riss die Augen auf. Er riss sie noch weiter auf: Das furchtbare Licht blendete ihn.

Er kroch ganz in sich zusammen. Ein schmerzhafter Wollustkrampf fraß saugend an seinem Hirn, er wehrte sich nicht: Die Schauer einer gierigen Lust krochen wie Gift in jeden Nerv seines Körpers.

Er schrak hoch.

Das war das grässliche Fieber! Gott, Gott, was sollte er nur anfangen? Er musste wachen, er musste lauern und wachen, dass es nur nicht wiederkäme. Seine eigne Schwester! ... Aber das ist ja Wahnsinn ...

Er lachte irrsinnig. Er lachte lange, bis er Angst vor seinem Lachen bekam.

Natürlich war es das Fieber. Dass er dagegen so machtlos war! ... Er musste ins Bett zurück. Ja, sich ganz lang hinlegen, dass das Herz sich wieder beruhige.

Er entkleidete sich und legte die Streichhölzer dicht neben sein Bett.

Ich werde sie wohl bald wieder brauchen, lächelte er seltsam.

Nun löschte er die Lampe aus. Eine unerträgliche Hitze. Die Decke lastete auf ihm wie ein Alp: Er warf sie ab.

Plötzlich mit einem Ruck spannte sich sein Gehirn ab, eine glückliche Ruhe kam über ihn.

Ein paar Gedankenbrocken gingen langsam durch seine Seele, zögernd, zerrissen, wie Wolkenlappen nach einem Gewitter. In seinen Augen flackerte ein winziges Lichtchen, wie ein Irrlicht über einem grünen Sumpf. Er verfolgte es, wie es sich in zackigen, steilen Linien emporwarf und wieder herunterfiel, schwer und jäh wie ein gefallener Stern. Er sah es über dem Sumpf blitzschnell dahinschießen und dann wieder in irren Kreisen tanzen, schneller und schneller, bis es schließlich wie eine glühende Lichtmasse fahl den Sumpf umlohte. Und die grüne, fahle Sonne wuchs, schwoll, goss sich kochend über, leckte an dem Dunkel mit gierigen Zungen und zerfraß es zu blutigen Fetzen. Und da schossen die Zungen in schmetternden Sturmfanfaren jäh hinauf – höher noch: Mit wüster Macht warfen sich die Sonnenbrände steil empor, bis sie am Himmel zerschellten. Noch sah er sie drängend emporzüngeln, dann brachen sie langsam an der Spitze, krochen zögernd ineinander und verschlangen sich in einem brünstigen Geflecht.

Und aus dem kochenden Orkan des Lichtes wuchs ihm ein entsetzlicher Gesang hervor.

Eine Verzweiflung wie vor tausend offenen Gräbern. Als hätte sich der Himmel geöffnet und der Menschensohn stiege hernieder, um das Gericht über die Guten und die Bösen zu halten. Millionen Hände fühlte er sich in verblutendem Todeserethismus emporrecken mit Fingern, die um Mitleid und Gnade schrien. Er hörte ein tierisches Gebrüll, das wie ein Meer von dampfendem Blut in kochendem Gischt zum Himmel spritzte, und immer fühlte er die knochigen Finger sich krallen und spreizen und im brechenden Schmerzenskrampfe schreien:

»Ad te clamamus exules filii Hevae, ad te supiramus gementes et flentes in hac lacrymarum valle« ...

Und er sah einen Zug von Tausenden von Menschen vorbeirasen, gepeitscht von einer brutalen Ekstase des Unterganges, unter einem Himmel, der das Feuer und die Pest auf sie herabspie. Er sah die Seele dieser Kreaturen in dem ekelhaften Veitstanz des Daseins sich wälzen und zucken, er sah den zerfleischten Rücken einer ganzen Menschheit und die Verzückung des Wahnsinns in dem vertierten Auge.

Und langsam hörte er den Zug sich entfernen, die dumpfen, qualtrunkenen Töne klangen wie das Röcheln der letzten Agonie und die kupferrote Flammensonne warf grüne, schillernde Lichtstreifen über die Sümpfe von Blut.

Ad te clamamus exules filii Hevae! hörte er plötzlich in sein Ohr kichern: Ein Weib glitt in sein Bett. Ihre Glieder wanden sich langsam um seinen Körper, zwei schmale Arme umklammerten ihn fest, schmerzhaft fest, und er fühlte die Spitzen zweier Mädchenbrüste sich in seinen Körper hineinglühen.

Er erstickte. Sein Herz schlug nicht mehr, nur ein geller Sturm der Wollust zerwühlte sein Hirn. Ihr heißer Atem versengte sein Gesicht, und ihre Lippen saugten sich ächzend an seinem Munde fest. Wie weißes Eisen glühte ihr Leib.

Da fühlte er wieder den Zug herannahen, sich wie einen Knäuel von verstrickten Leibern dumpf und schwer heranwälzen: ein Knäuel von Leibern, die sich bissen, mit rasenden Fäusten aufeinander losschlugen, sich zerstampften und in Höllenqualen auseinanderrissen, aber sich nicht zu trennen vermochten. Der Gesang wurde zu einem Geheul von wilden Bestien, die Verzweiflung kreischte grell in einem Triumph der Tollwut und die Finger brachen in dem verblutenden Hallelujah des Vergehens.

Er lachte, er schrie mit, aber er ließ das Weib nicht los. Er fraß sich mit den Fingern in ihren Leib. Ihr Herz fühlte er in seinem Körper klopfen, schwer, dumpf wie einen Klöppel gegen die geborstene Metallwand der Glocke, zwei Herzen fühlte er plötzlich Blut in sein Gehirn emporschießen, sich aneinander reiben, und einander wund zerschürfen.

»Ad te supiramus gementes et flentes in hac lacrymarum valle« ...

Die Verzweiflung kippte um in einen Abgrund von Hass, in eine zuckende, geifernde Blasphemie, er fühlte den Menschenknäuel den Himmel anspeien, er hörte ihre Lungen in einem grässlichen Schrei auseinanderreißen: Mörder! Mörder!

Jetzt erlahmten seine Hände, er ließ sie los. Und da wälzte sie sich über ihn, er hörte sie schreien, er fühlte, wie sie mit den Zähnen ihm die Halsadern zerschnitt, wie sie ihre Hände wühlend in seinen Körper vergrub.

Und von Neuem steifte sich sein Körper. Er warf sich über sie her, er legte sich über sie mit verzweifelter Kraft: Ihr Leib wand und bäumte sich. Aber er war stärker. Er fesselte den widerspenstigen, zuckenden Körper mit Händen und Beinen, sein Leib warf sich ein paar Mal auf und ab im schmerzhaften brutalen Krampf: Der wilde Sturm barst in einem langen, verröchelnden Laut.

Noch hielt er fest ihren Leib umschlungen. Ihre Glieder lösten sich. In ihren Händen zuckte sein Herz wie eine verlöschende Flamme. Die letzte Schauerwoge verebbte: Ein unsagbar ruhiges Glück tauchte in sein Blut.

Da: Plötzlich fühlt' er sie entweichen, ihre Glieder glitten langsam an seinem Körper entlang; er griff nach ihr, verzweifelt sprang er ihr nach ...

Agaj! schrie er, Agaj!

Im selben Nu stolperte er, stürzte lang hin und kam zu Bewusstsein.

Er lag auf dem Boden.

Da warf er sich auf das Bett, die Angst nestelte auflösend an seinem Hirn.

Das war nicht Traum, das war mehr, wie es jemals in der Wirklichkeit sein konnte, tausendmal mehr, schrie er in sich hinein ... Sollte er wirklich wahnsinnig werden?

Mit letzter Kraft warf er alle Gedanken aus dem Kopf, mit Verzweiflung klammerte er sich an eine dumme Erinnerung, aber das Hirngespinst seines Fiebers goss sich schäumend über seine Seele: Er fühlte so lebendig die Wollustraserei ihres Körpers, seine Lippen waren wund, sein Körper wie gebrochen von der Brunst ihrer Umarmung.

Das war Agaj – der Alp Agaj – der Vampir Agaj!

Er fuhr entsetzt auf:

Sie war es wirklich, sie konnte zugleich an zwei Stellen sein. Sie konnte sich teilen, und jetzt war sie bei ihm.

Er fühlte, dass die Angst ihn jetzt töten würde. Er wollte Licht anzünden. Seine Hände zuckten und flackerten. Endlich gelang es ihm.

Das beruhigte ihn einen Augenblick.

Und plötzlich, wieder von Neuem kam über ihn ein wilder Paroxysmus von Gier und Sehnsucht nach Agaj. Und schon wollte er sich von Neuem in die Fieberorgie dieser blutschänderischen Wollust werfen. Er brauchte nur das Licht auszulöschen, und er würde es von Neuem erleben.

Aber die Angst schoss in ihm empor. Ein Strom von Angst staute sich in seinem Hirn: Das würde sein Leben kosten.

Er faltete krampfhaft die Hände und suchte stöhnend nach Erlösung.

Endlich packte er gierig ein Buch, das auf dem Nachttisch lag: auf der ersten Seite sein eignes Portrait.

Er sah flüchtig hin: Sein Blut gerann vor Schreck. Er sah wieder hin: Die Linien schienen lebendig zu werden, das Gesicht wuchs, bekam Leben, schien sprechen zu wollen ...

Er blätterte ein paar Seiten um und fing an laut zu lesen. Aber seine Stimme klang ihm dröhnend im Gehirne wieder, und er hatte das Gefühl, dass der Andre im nächsten Moment hervorkriechen werde, bald, bald werde er aus dem Buche herauswachsen und ihn anstarren ...

Das ganze Buch bekam etwas Lebendiges, es schien sich in seinen Händen zu bewegen, er warf es entsetzt weg, aber es bewegte sich, es kroch auf dem Boden umher, der Andre arbeitete sich mühsam hervor, jetzt, jetzt würde er ihn sehen ...

Er sprang rasend aus dem Bett, warf sich mit seinem ganzen Körper über das Buch, packte es dann mit den Händen, würgte es, riss es auseinander, aber er fühlte, dass er hochgehoben wurde, gewaltsam, wie von einer Winde hochgeschraubt ...

Das ist Wahnsinn, das ist Wahnsinn! schrie es in ihm. Er sprang auf, stierte wie abwesend auf das Buch: Die Vision war vorüber, aber er hatte Angst es aufzuheben.

Endlich kam er zu sich.

Er setzte sich hin: Ohnmacht umfing lähmend sein Herz. Er sank auf das Bett und stierte in stumpfer Verzweiflung auf die Decke.

Da stellte sich plötzlich die Erinnerung an die Orgie, die er soeben durchlebt hatte, wieder ein.

Ein krankes Verlangen begann ihn zu peitschen, seine Kräfte gaben nach, schon fing er an zurückzusinken, da stand er mit einem Mal ganz mechanisch auf, ohne im Geringsten daran zu denken oder es zu wollen, kleidete sich wie in einem somnambulen Traum an und ging auf die Straße.

Er sah sich um: Er war wirklich auf der Straße. Es wurde ihm nicht ganz klar, wie er heruntergekommen war. Aber er war glücklich, dass er nun weg, weg war von dem entsetzlichen Zimmer, wo Satan seine Messe feierte.

Jetzt musste er an Satan glauben, murmelte er tiefsinnig, ja an Satan und an seine raffinierte, grausame Geschlechtsmesse ...

Er setzte sich hin auf die Stufen eines Denkmals, vergrub den Kopf in beide Hände und verfiel in einen fiebrigen Halbschlaf.

Da schrak er zusammen: Jemand war dicht vor ihm stehen geblieben.

Er sah auf. In dem Zwielicht des ersten Morgengrauens sah er ein Mädchen, sah nur, dass sie sehr blass war und große weite Augen hatte.

Sie sahen sich lange an.

– Ich will mit Dir gehen, sagte er und stand auf.

– Komm! Sie ging schnell voraus.

– Geh' nicht so schnell, geh' langsam. Ich habe eine entsetzliche Angst ... Aber Du wirst meine Hände halten, dann werd' ich gleich schlafen ... Ich bin gar nicht wie andere Männer, gar nicht, fügte er nach einer Pause hinzu.

Sie sah ihn verwundert an.

Er merkte plötzlich, dass er sprach, ohne es zu wissen.

Sie blieben wieder stehen.

– Du bist ja noch ein Kind, sagte er erstaunt, ich könnte Dich ja auf meine Hände nehmen und tragen. Und Du gehst so leicht, dass ich kaum Deine Schritte höre ...

– Komm, komm: Es ist noch weit.

– Weit? Aber ich kann ja kaum gehen.

– Gib die Hand. So ...

Er fühlte plötzlich eine neue Kraft.

– Und Du wirst meine Hände halten, fest, sehr fest, selbst im Schlaf, willst Du?

– Ja, ja ...

– Ist es noch weit?

– Bald, bald ...

Sie gingen stillschweigend.

– Hier! sagte sie leise.

– Hier?

Sie gingen eine Treppe hinauf.

– Nun komm, komm, sie küsste ihn flüchtig, wir sind beide so entsetzlich müde, so entsetzlich müde, wiederholte sie nachdenklich. Ich werde bei Dir schlafen und immer Deine Hände halten.

Er legte sich hin und nahm sie in seine Arme wie ein Kind.

Sie schlang die Arme um seinen Hals.

– So fühlst Du mich stärker, sagte sie ernst.

– Wer bist Du? fragte er leise.

Sie antwortete nicht.

Er schlief sofort ein.

*

Sie saßen auf der Veranda eines Restaurants.

Es war später Nachmittag. Die Häuser warfen schwere, satte Schatten über die breite Straße. Das dichte Laub der Bäume war gesprenkelt mit purpurnen Flecken. Weiter ab ein Baum, dessen Blätter schon ganz gelb waren und abwärts die Straße entlang flirrte unruhig eine ganze Farbenskala von fiebrigem Purpur bis zum welken Weißgelb hinab: Er bekam ein plötzliches Interesse für die Tausende von Farbennuancen ...

– Nun, warum sprichst Du denn kein Wort? Sollen wir den ganzen Nachmittag so stumm dasitzen?

Agaj war sehr erregt.

Er sah sie an und lächelte seltsam.

Sie fuhr auf.

– Warum siehst Du mich so an?

Sie starrten sich lange an. Sie wurde rot und senkte die Augen.

– Noch nie hast Du mich so angesehen, murmelte sie leise.

Er rückte ihr näher.

– Ja, Agaj, ich habe Dich noch nie so angesehen. Du hast recht. Aber Du bist mir nicht mehr das, was Du mir gestern warst. Ich bin neugierig auf Dich. Ich kannte Dich bis jetzt nicht.

Sie sah ihn gespannt an.

– Ich sehe Dich anders an, als ich Dich gestern angesehen habe ... Er schwieg eine Weile. – Warum ich nicht spreche? Ich will Dir nichts Furchtbares sagen.

Sie warf den Kopf hoch und starrte ihn herausfordernd an.

– Aber darauf wart' ich ja die ganze Zeit – auf dies Furchtbare. Mein ganzes Leben, vierundzwanzig Jahre wart' ich auf dies Furchtbare! Sag' es doch endlich.

Er wühlte in ihr mit seinem Blick. Sie sah zur Seite.

– Es ist mein Ernst, Agaj! Ich bin heute ganz sonderbar ernst. Ich war in meinem Leben nicht so ernst.

– So? So? Aber warum solltest Du nicht ernst sein?

Er lachte boshaft.

– He, he, Du bist neugierig, Du willst mich herausfordern ... Aber weißt Du denn nicht, was ich Dir zu sagen habe? Fühlst Du es nicht?

Sie schwieg.

– Fühlst Du es nicht? Er erbebte.

Schweigen.

Sie stieß das Glas an und trank es aus.

– Trink doch, lachte sie. Du willst wohl Abstinenzler werden? He? Hast wohl wieder Fieber? Armer Du!

Er trank hastig; seine Hand zitterte.

– So sag' doch endlich das Furchtbare! Siehst Du nicht, wie ich neugierig bin?

– Soll ich es wirklich sagen?

– Warum solltest Du es verschweigen? Sie lachte höhnisch. Aber trink doch, trink! Deine Adern klopfen, als wollten sie Dir die Haut zerreißen.

Er trank wieder.

– Agaj, erinnerst Du Dich an die furchtbare Nacht – damals ...

Sie zuckte merkbar.

– Erinnerst Du Dich?

– Nein!

– Oh, oh – Du erinnerst Dich sehr gut. Seit zwölf Jahren denkst Du immer daran. Warum lügst Du? He, he ... Du warst wohl zwölf Jahre damals, dreizehn – wie? Du hattest Angst vor dem Gewitter und kamst zu mir ins Bett, ich sollte Dir Märchen erzählen ...

Sie lachte gezwungen auf.

– Und ich erzählte Dir die ganze Nacht hindurch. Ich habe mich gequält, etwas Neues zu erfinden. He, he ... Du warst so verwöhnt, Du schliefst ja immer bei mir ...

Er sah sie fast gehässig an.

Ihre Finger liefen unstet und in nervöser Aufregung auf dem Tisch herum.

– Es regnete Blitze und Feuer vom Himmel. Und jedes Mal, wenn der Himmel barst und unser Schlafzimmer in grünem Lichte stand, bekreuzigten wir uns und beteten: Und das Wort ist Fleisch geworden ... He, he, erinnerst Du Dich nicht? Und der Ritter ritt auf einem schwarzen

Pferd, und das Pferd hatte gold'ne Hufe. Sie glänzten in der Sonne, dass die Menschen blind wurden ... Wieder krachte der Himmel: Und das Wort ist Fleisch geworden ... Und da kam der Ritter an einen Berg, der von einem Riesen bewacht war ... Und das Wort ... Nicht wahr? So ging es die ganze Nacht über. Und da plötzlich: dies furchtbare, minutenlange Krachen und Bersten, als der Blitz dicht neben unserem Hause in die Pappel einschlug! Da warfst Du Dich zitternd auf meine Brust und presstest Dich so fest an mich ... noch fühl ich Deine mageren Händchen um meinen Körper geschlungen und Deine zarten Beine sich mit kranker Hitze in mich hineinglühen. Damals hattest Du auch Fieber. Du hattest immer Fieber. Weißt Du es jetzt?

Sie ließ den Kopf tief herabsinken. Er konnte ihr Gesicht nicht sehen. Es war verdeckt von der breiten Krampe ihres schwarzen Sommerhutes.

– Nun trink' doch! sagte er mit geheimnisvollem Lächeln. Dein Wohl!

Sie stieß schweigend mit ihrem Glase an.

– He, he, Du trinkst ganz ausgezeichnet. Das hab' ich Dir beigebracht. Du fürchtetest, ich würde Dich verachten, wenn Du nicht tränkest. Gott, wie Du mich geliebt haben musst! Alles tatst Du nur um meinetwillen. Und jetzt, jetzt? ... Agaj! jetzt?

Er wartete gespannt auf die Antwort.

Sie schwieg.

– Jetzt? fragte er heiß.

– Bist Du schon mit dem Furchtbaren zu Ende?

Ihre Stimme klang höhnisch und wegwerfend.

Er lachte laut auf.

– Du scheinst Dich schnell gefasst zu haben. He, he: Es kam so unerwartet. Du warst ja anfangs ganz krank vor Aufregung. Noch seh' ich Deine Hände zittern und auf Deinem Gesicht glühen rote Flecken.

Sie sah ihn wütend an. Er erwiderte ihren Blick mit zynischem Lächeln.

– Nein Du! Ich bin gar nicht zu Ende … Ja, damals … He, he: Du hörst es so gern … Ich wachte früh auf. Ich konnte nicht schlafen. Ich löste vorsichtig Deine Arme von meinem Körper. Du warst auf meiner Brust eingeschlafen. Ich stand auf und fing an mich anzukleiden. Und da sah ich Dich plötzlich. Ja, plötzlich: Ich habe Dich nie vorher gesehen … gesehen! Verstehst Du? Es war wohl heiß, denn Du hattest die Decke mit den Füßen abgeworfen und lagst nun nackt.

Er lachte heiser.

– Dein Hemd war bis zum Halse aufgerollt, schliefst Du da eigentlich? Er flüsterte ihr die Frage leise ins Ohr.

Sie sah ihn an. Ihr Gesicht zuckte. Ihre Augen waren übergossen von einem heißen, fiebrigen Glanz.

Sie tauchte langsam, gierig tastend ihren Blick in seine Seele.

Er zuckte zusammen.

– Hörst Du nicht, was ich sage? Dein Hemd war bis zum Halse aufgerollt, und Du lagst ganz nackt. Und ich bin sicher, dass Du nicht schliefst, ich bin sicher, dass unter den langen Wimpern Dein Blick in mein Blut kroch … Sei doch ein wenig empört! Bist Du es nicht?

Sie ließ wieder den Kopf sinken.

Er beruhigte sich plötzlich.

– Ich starrte Dich an. Ich konnte mich von Deinem Körper nicht losreißen. Mein Herz klopfte, dass ich nicht stehen konnte.

Sie sah ihn flüchtig an mit einem verzerrten fiebrigen Lachen.

– Und dann? fragte sie heiser.

– Dann – dann ... seine Stimme zitterte – dann sank ich an Dich und küsste Dich ...

– Auf den Mund? Sie konnte kaum die Worte ausstoßen.

– Nein ... Er fing wieder an zu flüstern. Du weißt es ja, Du schliefst nicht – Du warst wach, Dein ganzer Körper zuckte heftig auf ...

Ihr Gesicht verschwand wieder.

Als sie aufblickte, war ihr Gesicht wie verzückt von Qual und ihre Augen funkelten in einem abgründigen grausamen Schmerz.

– Sag' mehr! Sag' doch mehr! stieß sie plötzlich hervor.

Es fing an, in ihm zu fiebern. Das Blut schoss ihm jäh ins Gehirn.

– Ich habe Dich dann vergessen. Ich habe Dich beinahe zwölf Jahre nicht gesehen. Ich habe mich verheiratet. Und da sah ich nicht mehr das Weib in Dir, nur eine unendlich teure Schwester ... Ja doch! einmal im vorigen Jahre, als wir beide allein waren und so viel getrunken hatten! Da wurdest Du plötzlich ganz ungewöhnlich boshaft, Du höhntest mich, machtest pikante Anspielungen auf meine Heirat und plötzlich warfst Du Dich über mich her und bissest mich in die Lippen, dass sie bluteten ... Da fing es an, mich heiß zu überlaufen.

– Hab ich Dich gebissen? Sie lachte hässlich auf.

– Und dann, als Du bei uns zum Besuche warst und mir einmal früh morgens Kaffee ans Bett brachtest ...

Sie fuhr wütend auf.

– Du bist wohl verrückt geworden? Du willst Dir doch nicht einbilden, dass ich Dich als Weib liebe?

Er lächelte seltsam.

– Eben hast Du Dich verraten. Du hast mich nie als Schwester geliebt. Du zittertest immer nach mir, so wie ich jetzt nach Dir zittre. He, he: Weißt Du noch? Einmal, als Du Deinen Geburtstag hattest und so viele Kinder zu uns kamen? Wir spielten Versteck. Immer bist Du zu mir in die dunkelsten Ecken geschlichen und drücktest Dich heiß an mich. Sieh mich doch an, lass Dir doch in die Augen sehen ... Weißt Du noch, als wir beide so heiß wurden und uns beinahe erwürgt hätten in einer Lust, die sonst Kinder nicht zu haben pflegen? He, he ... Da wurd' ich Mann ...

Er schwieg plötzlich, es kam ihm vor, als hätte er zu viel gesagt.

Sie lachte boshaft.

– Du willst wohl einen Roman schreiben? Irgendeine perverse Geschichte von Geschwisterliebe, wie? He, he, he ... Damit düpierst Du mich nicht ...

– Ich will Dich ja gar nicht düpieren. Du glaubst mir also nicht? Du traust mir nicht? Hör' Agaj, hörst Du nicht in meiner Stimme diesen entsetzlichen Ernst? Warum wehrst Du Dich? Warum willst Du nicht zugeben, dass Du mich liebst? Hast Du mir nicht gestern gesagt, dass Du beinah' verrückt geworden bist, als ich im vorigen Jahre nach dem Ausland zurückkehrte? Und glaubst Du, ich weiß es nicht, dass Du der Mutter das Geld gestohlen hast, um es mir zuzuschicken, als ich in Not war? ... Tut das eine Schwester? Warum? Warum willst Du es verleugnen, dass Du mich liebst?

– Ich liebe Dich, wie man einen Bruder liebt, nicht mehr, sagte sie abweisend.

– Ha, ha, ha, liebt man so einen Bruder? Das musst Du einem Kriminalpsychologen erzählen ... Warum wurdest Du jetzt so leichenblass, warum zittern Deine Hände? Und Du trinkst viel, damit es Dir nur nicht bewusst wird, was ich sage. Quäl' mich doch nicht ...

Er wurde ernst, sein Körper bebte.

– Quäl' mich nicht! Ich bin so unerhört glücklich über Deine Liebe ... Ich – ich ... seine Stimme senkte sich bis zum kaum hörbaren Flüstern ... Du, Agaj, es ist etwas Sonderbares in mir vorgegangen ...

– Ich liebe Dich! keuchte er plötzlich und seine Stimme brach.

Es entstand eine lange Pause. Das Schweigen dauerte ungewöhnlich lange.

– Hast Du es nun begriffen? flüsterte er leise.

Sie antwortete nicht.

– Gestern brach es durch in meiner Seele ... Du warst bei mir in der Nacht ... Du bist nicht mehr meine Schwester ...

Sie sah ihn entsetzt an. Um ihre Mundwinkel zuckte die Qual. Sie gruben sich mit den Augen ineinander, ihre Blicke verflochten sich unlösbar.

– Das ist furchtbar! sagte sie. Eine kranke Angst flackerte fiebernd in ihrem Gesicht.

– Ja, es ist furchtbar, wiederholte er wie abwesend.

Wieder ein langes Schweigen.

Sie fuhr auf.

– Geh' nach Hause! Geh'! Geh'!

Er hatte sie niemals flehen gehört.

– Nein, Agaj, ich kann nicht weg von Dir.

– Aber was willst Du denn von mir? schrie sie plötzlich rasend auf.

– Nichts, nichts ... Natürlich nichts ...

Er lächelte blöde.

– Gestern noch gab es für mich etwas, das Blutschande hieß, he, he ... Inzest glaub' ich. Ich kam in die wüsteste Verzweiflung, als ich entdeckte, dass das Weib, mit dem ich unerhörte Orgien feierte, meine eigne Schwester war. Heute hab' ich die Schwester verloren. Heute seh' ich Agaj, das Weib, das fremde Weib, das mir über jedes Weib in der Welt geht, schon deswegen, weil es Blut von meinem eignen ist, ein physisches Stück von mir.

Er stockte plötzlich.

– Du, Agaj, Du fürchtest den Inzest?

– Ich fürchte ihn gar nicht. Sie lachte höhnisch.

– Aber? aber? Er sah sie mit zitternder Angst an, als sollte jetzt über sein Leben entschieden werden.

Sie blickte ihm starr mit einer grausamen Kälte in die Augen.

– Aber? Du fragst: aber? Es gibt kein aber, weil Du für mich gar nicht als Mann existierst. Du bist einfach mein Bruder.

– Du lügst! Du lügst! Warum quälst Du mich mit Deinen Lügen? Zerstöre doch nicht das Heiligste in mir, das, wovon ich lebe, was den ganzen Inhalt meiner Seele ausmacht.

– Du hast Deine Frau vergessen, Du hast Fieber, Deine Hände glühen, und Deine Augen saugen sich giftig wie Tollkraut in mein Blut ... Ich will Dich nicht sehen. Du zerstörst meine Seele, Du ...

Sie kam plötzlich zur Besinnung und schnellte höhnisch auf.

– Lächerlich: grenzenlos lächerlich! – sie raste – Du hast das schönste, das herrlichste Weib zur Frau, nie hab' ich ein so herrliches Weib gesehen ... und – und Du hast an ihr nicht genug und läufst einem andren Weibe nach, das noch obendrein Deine Schwester ist.

– Oh, oh, Du läufst mir ebensoviel nach, wie ich Dir ... He, he ... Nur feig bist Du, feig. Du wagst es nicht zu gestehen. Aber, als ich Dir gestern sagte, dass ich vielleicht heute wegfahren werde – glaubst Du, dass ich die Qual nicht gesehen habe und die Mühe, die Du hattest, um sie zu verbergen? Ich verehre mein Weib, aber ich liebe Dich. Versteh' es doch: Dich, Dich lieb' ich. Du hast Dich seit Deiner Kindheit nach diesem Worte, diesem: Ich liebe Dich! gesehnt. Du hast gezittert, dass ich es Dir nur sage. Du wolltest es von mir erzwingen und jetzt, jetzt, da ich es endlich gesagt habe, willst Du mich so brutal zurückstoßen? Du glaubst vielleicht nicht, dass es mir Ernst ist, weil es so jäh und unerwartet gekommen ist. In einer Sekunde von Qual ... Aber ich lebe jetzt nur in diesem Gefühl, mein Gehirn wühlt sich mit fiebernder Wollust in die Zeit, als Du Deine Gier noch nicht zu verbergen verstandest. Plötzlich ist meine Seele aufgebrochen, ich erinnere mich an jedes Wort, das Du vor zwölf

Jahren gesagt hast, ich erinnere mich an die tausend Dinge, tausend Kleinigkeiten, tausend Blicke und Bewegungsmomente aus jener Zeit, ich erinnere mich an alles, das mir gestern noch vergessen war ...

Er taumelte, verlor plötzlich den Gedankenfaden und sann eine Weile nach.

– Nein, nein, ich liebe Dich nicht seit gestern, ich liebe Dich seit Langem. Das war nur zufällig, dass es mir gestern grade zum Bewusstsein kam. Du hast mir immer gefehlt. Sieh: Ich war ja glücklich mit meinem Weib, aber immer, immer sehnt' ich mich nach Dir.

Die Qual floss in ihm über, es würgte ihn, kalte Schauer strömten ihm über den Rücken, er schüttelte sich in Fieberfrost.

– Ich verehrte, ich liebte bis zum Wahnsinn Deine Liebe. Ich zitterte, um nur einen Brief von Dir zu bekommen. Und wenn ich ihn bekommen hatte, las ich ihn und las unaufhörlich. Ich las das alles, was Du nicht schreiben konntest, was aber in jedem Worte zitterte, ich ging wochenlang mit Deinen Briefen umher damals schon, als ich noch nicht ahnte, dass Du mir das werden solltest, was Du mir heute bist. O, ich liebe jedes Wort von Dir, ich liebe Deine grausame Seele, die nicht genug Schmerzen finden kann, um sich darin zu vergraben, ich liebe Dein kleines, braunes Gesichtchen mit den abgründigen Augen, ich liebe die Seide, die Deinen Körper umschließt, ich liebe die Formen dieses Körpers, ich fühle ihn, wie er sich an mich presst, mich umschlingt, ich sehe Deine kleinen Brüste, ich fühle sie sich in meinen Körper hineinglühen. Ich ... ich ...

Er fing an zu stottern. Es raste in ihm, sein Gehirn schwoll an zu einer riesigen Aderbeule. Dann begann er wieder zu sprechen, sinnlos, ohne Zusammenhang, die Worte kamen wie von selbst, glühend, krank, wie herausgeschleudert aus einem Vulkan.

Sie hielt seine Hand in stummem Krampf umschlossen, sie vergrub schmerzhaft ihre Finger in seine Haut. Sie fasste ihn ums Handgelenk und presste wieder seine Finger: Es war wie ein irres Gejauchze in dieser taumelnden, flackernden Hand.

Da wurde sie plötzlich grenzenlos unruhig. Sie hörte nichts mehr, sie sah nichts mehr. Sie faltete die Hände, dass alle Gelenke knackten, dann ballte sie die Fäuste und spreizte wieder die Finger.

– O Gott! stöhnte sie keuchend.

Jäh rückte sie weg.

– Sag' jetzt kein Wort mehr, schrie sie auf, kein Wort! Ich gehe – ich gehe sofort, wenn Du nur noch ein Wort sagst.

Er sank zusammen.

– Nein, nein, ich will nichts mehr sagen. Ich kann auch nicht mehr, murmelte er müde.

Ein Schweigen, ein tötendes Schweigen, das langsam einen Nerv nach dem andern zersägte.

– Komm! sagte sie endlich und stand auf.

– Wohin?

– Ist es Dir nicht gleichgültig, wohin Du mit mir gehst? Sie lachte ihn höhnisch an. Du willst ja nur mit mir zusammen sein.

– Aber nur mit Dir! Nur mit Dir allein! Ich habe Ekel vor Menschen, ich mag keinen Menschen sehen. Ich spucke auf die Menschen! Ich kann die menschliche Fratze nicht ausstehen.

– Komm! sagte sie mit hartem Befehl.

Er sah sie erstaunt an, blieb eine Weile sitzen, starrte sie unaufhörlich an, dann erhob er sich und ging.

– Es hat mir noch kein Mensch etwas befohlen, sagte er leise auf dem Wege. Kein Mensch. Ich wusste bis jetzt nicht, was gehorchen heißt, bis Du jetzt plötzlich sagtest: Komm! Und ich gehorche ...

Er lachte boshaft auf.

– Und Du willst mir vorlügen, dass Du mich nur als Schwester liebst? Du liebst mich ja nur als Weib! Du hast ja nur gewartet auf das Wort: Ich liebe Dich! und gleich bist Du wie verwandelt. He, he: Du weißt jetzt, dass Du mir befehlen kannst, was Du früher nicht wagtest. Woher diese Instinkte, die nur ein liebendes Weib hat, woher dies feine Ohr für »ich liebe Dich« und seine Konsequenzen? Warum lügst Du? Du sehnst Dich nach mir, Du hast dieselbe rasende Gier, Du ... Du ...

Sie blieb stehen und sah ihn wütend an.

– Wenn Du noch ein Wort sagst, geh' ich weg.

Er lachte laut auf.

– Versuch' es doch! Geh! Geh! Dir ist es ebenso unmöglich wegzugehen, wie mir ... Oh, wie Du schön bist! Wie Dein Gesicht flackert! ... He, he, he ... Wo hab' ich nur meine Schwester verloren?

Er schob seinen Arm unter ihren und presste ihn krampfhaft an sich.

– Ich muss Dich halten. Ich bin nicht sicher, ob Du am Ende doch nicht weggehst. Du bist grausam gegen Dich.

Deine Seele hat wirklich nicht Qual genug, noch lange nicht genug. Du würdest in der Hölle glücklich werden. Und jetzt, jetzt quälst Du mich. Du möchtest mich auf die Folter spannen, damit Dir nur das Herz an meinen Qualen berstet. Oh je m'y connais: Das ist die höchste Wollust, aber meine Nerven sind zu schwach dazu ...

Er lachte irre.

Sie kamen in eine Gesellschaft. Plötzlich. Mit einem Mal. Eine lange Zwischenzeit ging wohl seinem Gehirn verloren. Es wurde ihm nicht klar, wie er so plötzlich hergekommen war.

Im Nu wurde er nüchtern und kalt.

Er sprach sehr vernünftig mit einem Herrn, der eine samtene Weste und oben auf dem Vorhemd einen Diamanten hatte. Bei Tisch bekam er zur Nachbarin ein junges, frisches Mädchen, das eine sonderbare Freude am Lachen hatte.

Plötzlich wieder ein Lichtpunkt: Er begegnete Agajs Augen.

Er las in ihrer Seele wie ein Somnambule. Eine Sehnsucht sah er in den Augen, einen kauernden, zusammengekrampften Schmerz: Ihre ganze Seele gerann in diesem langen, gierig schmerzlichen Blick.

Alles um ihn herum verschwamm zu einem wirren Gemenge von Messerklirren, Lachen, Sprechen, dann hörte er ein unangenehmes Geräusch wie, wenn Stühle gerückt würden. Er sah die finstre Masse von menschlichen Leibern, die vor seinen Augen flirrte, sich hochheben, mechanisch stand er auf.

Plötzlich erlangte er das Bewusstsein.

Er sah die Menschen in den Salon treten. Er versuchte den Andren zu folgen, aber er blieb wie angewurzelt stehen. Etwas zerrte ihn zurück. Er sah sich um. Ihm gegenüber stand ein dunkles Nebenzimmer offen. Er wurde von einer fremden Hand dahin gestoßen. Es kam ihm vor als taumelte er hinein: Seine Beine gingen wie von selbst, er widerstrebte nicht mehr: In dem dunklen Zimmer besann er sich auf sich selbst.

Eine unheimliche Angst krallte sich in seiner Seele fest.

Das ist ihr Wille! Sie hat ihn mir auferlegt! Ihr fürchterlicher, körperlicher Wille. Der Gedanke, der Macht geworden ist, eine riesige Macht mit Blut gefüllt, mit langen, gespenstigen Händen ...

Er lallte es vor sich hin, um sich zu beruhigen.

Er saß sehr lange in dumpfer, irrer Schwüle. Plötzlich schrak er auf: Sie saß bei ihm.

– Agaj?!

– Still!

Sie fasste seine Hand. Es goss sich über ihn wie ein kochender Strom. Sein Körper fing an zu zucken. In seinem Gehirne klopften kurze, schmerzhafte Schläge.

Ihre Hände verflochten sich krampfhaft. Es warf sie aufeinander.

Sie versanken, sie vergingen in dieser stummen Brunst ihres Blutes. Kopfüber sinnlos stürzten sie sich in den grausigen Wirbel der geschlechtlichen Ekstase.

Als sie sich loslösten, hielten sich noch ihre Hände umklammert, als wären sie selbständige Organe geworden.

– Ich kann Dir nichts mehr geben, fühlte er sie sprechen, aber er konnte sich nicht besinnen, ob er einen Laut gehört hatte.

– Deinen Leib! Deinen Leib! stammelte er.

– Du hast mich ja gehabt.

– Wann? Wann?

– Heute Nacht.

Er blieb einen Augenblick bewusstlos. Sie war plötzlich verschwunden.

Seine Seele löste sich qualvoll in wachsender Angst.

War sie es selbst? War es nur eine Vision?

– Sie sind wohl krank? fragte ihn der Herr mit der samtenen Weste, als er in den Salon trat.

Er hörte kaum hin. Seine Augen flogen suchend umher. Endlich entdeckte er sie. Sie saß da regungslos mit einem kalten Sphinxgesicht und sah ihn ruhig an.

Er ging auf sie zu.

– Bist Du da drin bei mir gewesen? fragte er zitternd.

– Bist Du nicht sicher? sie lächelte seltsam.

– Ich habe Angst vor Dir, Du – Du Satan! Er zitterte immer heftiger.

– Warum denn? sie drehte sich gleichgültig um und fing an mit einem Herrn zu sprechen.

Seine Seele kroch zusammen. War dies das Weib, das sich vor ein paar Minuten mit dieser uferlosen Leidenschaft an ihn gepresst hatte?

– Ich fahre morgen nach Hause! flüsterte er ihr wütend zu.

Sie sah ihn an.

– Ja, es ist die höchste Zeit, sagte sie kalt. Noch zwei Tage und Du wirst verrückt.

– Du bist brutal! Er schrie fast.

Sie drehte sich wieder um und sprach weiter mit dem fremden Herrn.

Er wurde plötzlich sehr ruhig. Als wäre alles in ihm geborsten. Er verschwand unauffällig und trat ins Entree.

– Du fährst nicht! Er sah sie zittern und ihre Augen fraßen glühend an ihm. Du fährst nicht! Ich werde Dir die Seele aus dem Leibe reißen, wenn Du fährst.

Er hörte ihre Zähne wie in Schüttelfrost aneinander schlagen.

Er sah sie verächtlich an.

– Ich habe nichts mehr mit Dir zu tun, sagte er langsam und kalt.

– Du fährst nicht! keuchte sie.

– Ich fahre! Ich will nicht mehr meine Seele prostituieren. Ich muss Dich in meinem Herzen vor diesem herzlosen Weibe da – er zeigte verächtlich mit dem Finger auf sie – retten ... die Trümmer retten.

Er lächelte wie im Traume.

Sie klammerte sich an ihn.

– Du bist morgen Nachmittag dort, wo Du heute mit mir warst ... Bist Du nicht da, so, so ...

– So?

Sie trat dicht an ihn heran. Sie sahen sich lange in die Augen.

Ohne ein Wort gingen sie auseinander.

*

Er wartete lange vergebens.

Er legte die Stirn in tiefe Falten und lächelte. Er lächelte immer. Ein blödes, irres Lächeln war wie versteinert um seine Lippen.

Sein Fieber wuchs und schwoll. Lange feine Nadelstiche fuhren ihm durch den Hals. Gedanken, schmerzhaft, wirbelten wie glühende Metallspäne durch seinen Kopf.

Fünf Minuten noch wollte er warten, nur fünf Minuten.

Ein stiller, irrer Triumph flammte in seiner Seele auf.

– Oh, wenn sie nicht käme, er würde sie dann los werden.

Er fühlte es sicher.

Da zuckte er auf: ein bekannter Mensch! Er drückte sich tief in das Sofa hinein, fasste die Zeitung und verdeckte mit ihr sein Gesicht.

Aber der Andere hatte ihn schon gesehen. Er kam ruhig an ihn heran und setzte sich neben ihn.

– Ihre Schwester wird wohl bald kommen, sagte er, ich habe sie heute getroffen, sie sagte mir, sie würde herkommen.

– Hat sie das gesagt?

– Ja.

Er biss vor Wut die Zähne aneinander. Griff wieder nach der Zeitung und fing an zu lesen. Aber er verstand kein Wort. Eine dumpfe kauernde Ohnmacht legte sich mit dicker Kruste um sein Herz. Er fühlte es sich an der Rinde wundschürfen.

So saßen sie wohl eine Stunde.

Endlich sprang er auf.

– Warten Sie nur auf meine Schwester. Ich muss jetzt gehen.

– Müssen Sie wirklich gehen?

Er trat taumelnd auf die Straße.

Er konnte kaum gehen. Die wilde Wut gegen das Weib machte sein Blut stocken. Er war nahe am Weinen. Seine Kräfte verließen ihn zusehends. Es würgte ihn, als schluckte er brandigen Qualm.

Er setzte langsam einen Fuß vor den andern. Jeder Schritt tat ihm weh im Gehirn: Würde er schneller gehen, müssten alle Adern reißen.

Das Bewusstsein fing an, ihn zu verlassen.

Er wiederholte sinnlos einzelne Sätze, faselte vor sich hin, lachte still und rieb sich die Hände.

Und wieder flammte der stille Triumph in ihm auf: Er brauchte sie nicht zu sehen. Er war befreit, erlöst von seinem Vampir.

Er lächelte.

Da blieb er plötzlich stehen: Sein Herz krampfte sich heftig zusammen: In der Ferne sah er ein schwarzes, seidenes Kleid knistern ... Nein! es war nicht Agaj.

Die Unruhe bäumte sich in ihm hoch auf. Unruhe und würgende Sehnsucht.

Nein, nein – er musste nach Hause gehen. Sich ins Bett legen. Er war ja todkrank.

Die Sonne schien ihm stechend in die Augen. Er fühlte die scharfen Strahlenstöße sich gellend ihm in die Nerven keilen. Es schwindelte ihn: Er setzte sich auf eine Bank.

Ekelhaft, mitten auf der Straße ohnmächtig zu werden! fuhr es ihm plötzlich durchs Gehirn. Die Vorstellung von einem Auflauf, einer Tragbahre rüttelte ihn mit einem Male auf.

Er strengte sich an, die Menschen, die wie Schatten an ihm vorüberglitten, zu sehen, deutlich zu sehen, sie voneinander zu unterscheiden.

Da sah er plötzlich sie. Es kam ihm vor, als hätte er sie schon früher einmal vor seiner Bank auf- und abgehen gesehen.

Sie ging ruhig, grüßte freundlich nach allen Seiten und hatte rote Handschuhe an. Lange scharlachrote Handschuhe.

– Agaj! schrie er auf.

– Nun? was machst Du hier?

Er nahm sie schweigend unter den Arm und führte sie in ein abgelegenes menschenleeres Café.

Es war Macht in ihm.

– Wenn Du noch einmal – seine Stimme erstickte in Wut – wenn Du noch einmal mir Menschen auf den Hals schickst, werd' ich Dich, werd' ich ...

Sie sah ihn lachend an.

– Was denn?

Er beruhigte sich plötzlich. Seine Macht schmolz wie Glas im Feuer. Er lächelte wieder. Da schrak es wieder in ihm auf. Eine Erinnerung fühlte er lauernd kauern, und plötzlich jäh emporschnellen:

– Hast Du mir nicht gestern gesagt, dass ich Dich heute erwarten sollte?

– Nein!

– Lüg' nicht, Agaj, nicht jetzt, um Gotteswillen. Ich habe eine entsetzliche Angst um mein Gehirn ... Hast Du, – hast Du es wirklich nicht gesagt?

Sie schwieg.

– Sag' es, sag' – ich weiß ja nicht sicher. Alles verfließt in meiner Seele. Ich konnte nicht begreifen, warum ich dort auf Dich wartete.

Sie zuckte auf.

– Ja, ich habe es gesagt.

Er atmete schwer.

– Warum hast Du mich denn bestellt, wenn Du nicht kommen wolltest?

– Ich will nicht mehr mit Dir allein sein, sagte sie kalt.

– Nicht mehr?

– Nein!

Er sann nach und erhob sich.

– Ja, dann will ich nicht mehr mit Dir zusammen sein, Agaj. Ich kann nicht mit Dir zusammen sein, wenn Menschen dabei sind. Ich habe Ekel vor Menschen. Ich kann keinen Menschen außer Dir sehen. Nein, Agaj, ich will es nicht.

Sie fasste ihn an der Hand. Er setzte sich wieder. Sie war ernst und traurig.

– Kannst Du denn nicht zur Vernunft kommen? Verstehst Du nicht, dass alles aussichtslos ist, verstehst Du's nicht?

– Warum aussichtslos?

– Weil ich Deine Schwester bin.

– Du lügst. Daran denkst Du nicht einen Augenblick. Du liebst die Qual, Du kannst Dich nicht genug an Deiner und meiner Qual sättigen ...

Sie schwiegen lange.

– Hör' Agaj, ist es ... ja – nicht wahr? Du liebst meine Frau sehr.

– Ja.

– Und wenn sie nicht da wäre?

– Vielleicht.

– Vielleicht?

Sie antwortete nicht.

Wieder Schweigen.

– Ich will bei Dir bleiben, sie sprach flehend. Ich will immer mit Dir zusammen sein, aber nicht allein. Das dürfen wir nicht. Ich bitte Dich darum.

– Hast Du Angst vor mir?

– Vor mir selbst. Und Du liebst mich doch. Kannst Du es nicht meinetwegen tun?

– Was denn?

– Du sollst nicht wollen, mit mir allein zu sein, – und ... und, sie senkte den Kopf – Du sollst mich nicht mehr berühren. Ich habe einen unaussprechlichen Ekel davor, sagte sie hart.

– Hast Du Ekel vor meiner Berührung?

– Ja!

Über seinen Körper rieselte es wie von einer glühenden, zu Perlen zerstäubten Metallmasse. Seine Seele schrumpfte wund zusammen. Er fühlte Scham und Ekel vor sich selbst. Er hatte das Weib berührt, das Ekel vor ihm – vor ihm empfand.

Er kam zu sich. Eine kalte, trockene Klarheit fühlte er in seinem Kopfe, wie Wetterleuchten zuckte wieder der stille Triumph der blutenden befreiten Seele auf.

– Ich danke Dir, dass Du jetzt endlich ehrlich bist ... Du hast recht ... Nie werd' ich mehr darüber sprechen, noch Dich berühren.

Er sah nur die Krampe ihres Hutes. Ihr Kopf war tief gesenkt und die Hände in den roten Handschuhen weit über den Tisch gestreckt.

– Vielleicht sollen wir den Menschen aufsuchen, den Du mir zur Unterhaltung geschickt hast?

– Nein!

– Dann wollen wir andere Menschen aufsuchen.

– Nein!

Lange Pause. Er war ganz ruhig. Sein Fieber war mit einem Mal verschwunden. Er war wie von einem Bann erlöst.

– Nun, sieh doch auf! sagte er freundlich nach einem langen Schweigen. Jetzt können wir ruhig und vernünftig miteinander sprechen. Jetzt hast Du erreicht, was Du wolltest. Ja, Du kennst mich, Du weißt, wie schamhaft meine Seele ist. Meinetwegen kannst Du jetzt tausend Menschen aufsuchen. Ich habe auch kein Bedürfnis mehr mit Dir allein zu sein. Übrigens möcht' ich Dir den verfluchten Hut am liebsten vom Kopfe reißen. Diese große Krampe ist sehr bequem ... Ha, ha, ha ... Nun, Agaj, liebe Schwester, kannst Du mit Deinem Bruder nicht vernünftig sprechen?

Sie sah plötzlich zu ihm auf.

Er glaubte, Tränen in ihren Augen zu sehen.

– Agaj! sagte er langsam.

Die Tränen liefen über ihre Backen herab.

– Du weinst? fragte er kalt und ruhig.

– Nein! sagte sie rau.

– Du weinst ja, ich sehe es doch! Und ich sitze und zerbreche mir den Kopf, warum Du eigentlich weinst. Ich glaube nicht an Deine Tränen. Deine Seele ist verlogen. Sie sucht nur krampfhaft nach neuen Martern ... Ha, ha, vielleicht hast Du die Fähigkeit, zu weinen, wann Du willst? Willst Du mich mit Deinen Tränen kirren?

Sie sah ihn an: Ein Blick, der in würgendem Krampfe schrie. Aber nur einen Moment, im Nu sah er einen wilden Hass aus ihren Augen stechen, zu einem bohrenden, saugenden Licht sich weiten und heiße Brände in seine Seele werfen.

Es dauerte eine Ewigkeit. Dann zersprang gellend das Licht in ihren Augen, ihr Gesicht wurde hart, sie sah vor sich hin, dann starrte sie ihn wieder an mit einem glasigen Ausdruck, und plötzlich schoss der dumpfe Hass wieder auf, sie warf sich ins Sofa zurück.

– Nun! Gott sei Dank ist Dein Fieber vorüber, sagte sie mit lachendem Hohn, jetzt kannst Du zu Deiner Frau zurückkehren und ihr die Erlebnisse mit Deiner Schwester erzählen.

– Ja, das werd' ich.

– Hast Du oft dieses Fieber? höhnte sie. Ich meine: Betrügst Du oft Deine Frau unter dem Schutze dieses Fiebers?

– Sehr oft. Hier zum Beispiel habe ich ein Mädchen, ein Kind noch, bei dem ich jede Nacht schlafe.

Sie schrie leise auf. Er sah sie mit höhnischer Wut an.

– Hat es sehr weh getan? grinste er boshaft.

– Du lügst! schrie sie unterdrückt auf.

– Nein! Wozu sollt' ich lügen?

– So, so … Warum bettelst Du denn bei mir?

– Ich bettle nicht. Hab' ich gebettelt? Davon weiß ich nichts … Und, und, ich bitte Dich um Verzeihung für Alles, was vorgefallen ist. Ich empfinde mich so grenzenlos lächerlich. Eigentlich solltest Du mich nicht so schmerzhaft beschämen. Nun, ich hoffe, dass Deine Seele jetzt vor Freude jauchzt …

Ihre Hände bewegten sich nervös.

Er wurde noch freundlicher.

– Wundervolle Handschuhe hast Du. Das sieht sehr pervers aus. Das ist à la Rops. Du hast überhaupt die Gestalt, die Rops immer zeichnet. Und auch die gierige, freche Unschuld … Ha, ha, ha … und Du verstehst, Dich zu kleiden! Das Seidenkleid lieb ich sehr. Es ist ein solch wollüstiges Gefühl in den Fingerspitzen, ja, ja – Deine Seide stäubt mir Wollust in die Adern … Nun, Du scheinst gar nicht auf mich zu hören … Ich habe Dir auch nichts Interessantes mehr zu erzählen. Das, was an unserem Verhältnis interessant und pikant war, was nach Satanismus und Inzest schmeckte, ist ja nun vorüber. Jetzt können wir zu den zweifelhaften Freuden des Werktags zurückkehren.

Sie sah ihn plötzlich lange und durchdringend an. Ihre Augen funkelten in einem seltsamen Lächeln.

– Du hast Fieber, sagte sie langsam. Jetzt erst seh' ich, wie krank Du bist. Deine Augen sind eingefallen, Deine Augen glühen wie Kohlen, Dein Gehirn ist krank. Du kannst nicht mehr die Wirklichkeit von der Vision unterscheiden. Du siehst das Gras in meiner Seele wachsen. Und manchmal überhörst Du ganze Sätze. Ist es nicht so?

Er stutzte, dann lachte er boshaft auf.

– Ja, ja, *ich* verstehe Dich. Jetzt hab' ich natürlich Fieber, weil ich anfange, vernünftig zu sprechen. Ich habe Fieber, weil ich Deine quallüsterne Phantasie nicht erhitze. Ich verstehe Dich. Du hast Sehnsucht nach den irrsinnigen Worten meiner Liebe.

– Ja!

Es klang wie ein langer Satz.

– Ja? Ja? Das sagst Du so frech, nachdem Du meine Seele zertreten hast? Sagtest Du nicht vor ein paar Minuten, dass Du Ekel vor meiner Berührung hast? Nein, nein – meine Seele ist spröde, ich will mich nicht prostituieren vor Dir.

Er kam plötzlich in eine Ekstase von Raserei. Sein Gesicht fühlte er zucken und das Fieber befiel ihn von Neuem.

Er verlangte Wein.

– Willst Du mittrinken, Agaj?

– Ja. Viel – viel ...

Er suchte seine Ruhe zu bewahren. Sie bettelte mit den Augen.

Er trank schnell und stützte den Kopf in die Hände. Er hatte sie plötzlich beinah' vergessen. Sein Fieber ließ nach. Nur ein Schmerz, ein brandroter Schmerz glühte in seinem Hirn.

Da fühlte er von Neuem ihr Locken. Er merkte, dass sie ihm langsam näher rückte – noch näher und plötzlich presste sie heftig ihr Bein an das seine.

Wieder empfand er die kurzen, schmerzhaften Zuckungen in seinem Kopf, wie von heftigen Hammerschlägen.

Sie saßen regungslos. Sie über den Tisch gebeugt, schwer und heiß atmend.

– Ich habe gelogen! flüsterte sie leise, trank das Glas leer, füllte es von Neuem, leerte es wieder.

– Trink doch! Ihre Stimme zitterte.

Es schwindelte ihm. Er hatte plötzlich alles vergessen. Er fühlte nur die körperliche Wärme ihrer Glieder sich um ihn legen, er fühlte sie sich an seinen Körper schmiegen, heiß, sinnlos, zuckend ...

Sein Gehirn taumelte. Er fing an zu sprechen, leise, flüsternd. Er bebte am ganzen Körper. Seine Hände irrten unstet.

Ihre bettelnde Hand umkrallte die seine, zerwühlte fiebrig seine Finger und kratzte sie wund.

Da weiteten sich ihre Augen und sie sah ihn an mit einem Blick: Ihre Seele verblutete in Angst und Verzweiflungsschmerz.

Er schwieg.

Beide kamen zum Bewusstsein.

Das Gespräch stockte. Sie sprachen gleichgültig über gleichgültige Sachen, von Zeit zu Zeit schwiegen sie lange, und dann kam es wieder von Neuem, ohne dass sie wussten, wer zuerst angefangen hatte.

– Und erinnerst Du Dich, Agaj, einmal als wir badeten? Ich habe Dir beim Auskleiden geholfen. Du hast Dich plötzlich gesträubt, und wurdest so furchtbar rot ... He, he: Wir waren eigentlich keine Kinder mehr. Und mit einem Ruck empfand ich eine so grenzenlose Liebe zu Dir ... erinnerst Du Dich? Wir warfen uns in den Sand und pressten uns so wild aneinander, dass wir beide vor Schmerz aufschrien. Dann nahm ich Dich auf meine Arme und trug Dich ins Wasser. Du warst so übermütig, wie es nur ein Weib sein kann, das plötzlich fühlt, dass es geliebt wird. Ich sollte Dich schwimmen lehren, aber Du sankst immer unter ... O Gott, jetzt, jetzt seh' ich Dich wieder als die herrliche Agaj von zwölf Jahren, die mich so sinnlos geliebt hat. Jetzt siehst Du mich wieder so gut, so innig an, wie Du mich früher immer angesehen hast.

Du höhnst nicht mehr, Du bist nicht mehr boshaft, und jetzt bin ich wieder Dein Hund, ich bin wieder Deine Sache, Du kannst mit mir machen, was Du willst, Du kannst mir die Seele aus dem Leibe reißen, und ich werde Dir noch dankbar sein dafür, weil Du, Du es bist ...

– Quäl' mich doch nicht, quäl' mich nicht so unerhört! flehte sie plötzlich.

Er lehnte sich zurück. Sein Kopf brannte. Seine Zunge war trocken und ein dicker, schleimiger Speichel sammelte sich in seinem Mund.

– Das ist furchtbar! hörte er sie leise sagen.

Der Abend kam, es wurde allmählich dunkel.

Sie saßen dicht aneinander gekauert.

– Es ist dunkel, sagte sie.

– Ja, es ist dunkel.

– Siehst Du den Mond durch die Zweige bluten?

– Still! still!

Lange sprachen sie kein Wort.

Sie pressten sich noch enger aneinander, noch fester, sie umklammerten sich und in ihrem Schweigen, in ihrer Umarmung war Schmerz.

Plötzlich riss sie sich los.

– Jetzt geh ich nach Hause, sagte sie hart.

Er fuhr rasend auf.

– Wenn Du jetzt gehst, jetzt – jetzt ... dann ... dann ... wirst Du mich nicht mehr sehen.

Eine entsetzliche Angst zitterte in seiner Stimme.

– Agaj! Wenn Du nur eine Spur von Liebe hast, so geh nicht jetzt, ich werde wahnsinnig ...

– Wir haben wieder Deine Frau vergessen, lachte sie hart.

– Machst Du mir einen Vorwurf aus meiner Frau? Ich werde sie nie mehr sehen, wenn Du es willst, ich werde sie vergessen, wenn Du es befiehlst ...

– Gott, wie krank Du bist! höhnte sie.

– Ich bin nicht krank. Ich liebe Dich. Ich – ich ... Du Agaj Verlass mich nicht, Du wirst es bereuen, es wird schlimm mit mir werden.

Er flennte wie ein Kind.

– Nun fängst Du an, sentimental zu werden. Sie lachte heiser auf.

In einem Nu kroch seine Seele zusammen. Als erstarrte alles in ihm zu Eis.

Er sah sie lange sprachlos an, dann setzte er sich wieder.

Sie betrachtete ihn mit einer grausamen Neugierde.

Sie schwiegen sehr lange.

– Kann ich Dich begleiten, oder willst Du allein nach Hause gehen? fragte er trocken.

– Ich werde allein geh'n. Geh' Du auch, Du bist ernstlich krank.

– Was ich zu tun habe, darüber hab' ich selbst zu bestimmen. Er lächelte gehässig. Sie sah ihn lange an.

– Gott, wie entsetzlich dumm Du bist! sagte sie endlich. Wie ekelhaft seid ihr alle – ihr Männer.

– Ich habe nur Prostituierte so von Männern sprechen gehört. Sie hassen auch den Mann.

– Du bist brutal!

– Du viel mehr.

– Ich hasse Dich! Ich will Dich nie mehr sehen.

– Ich auch nicht.

Aber als sie gehen wollte, fasste er sie an der Hand.

– Verzeih' mir, ich bin krank.

– Ja, ja, fahr nur schnell zu Deiner Frau zurück. Bei ihr wirst Du schon Dein Fieber verlieren.

Sie sah ihn höhnisch an.

– Du willst wohl, dass ich mich zuerst von meiner Frau trenne? Dann wirst Du wohl Mut bekommen? Ha, ha, ha – Wie feig, wie feig Du bist!

Sie schien es zu überhören.

– Du wirst doch wohl endlich einmal die Mutter besuchen? Wie? Sie ist morgen Vormittag zu Hause.

– Nein! Danke!

Sie ging an die Tür.

– Du gehst wirklich, Agaj?

– Ja.

Plötzlich blieb sie stehen. Ihre Augen funkelten in wildem Hass.

– Ist es wahr, dass Du hier ein Mädchen hast, ein Kind noch, wie Du sagtest?

– Ja, ich habe mir meine, verstehst Du? meine frühere Agaj aufgesucht.

– Das ist ja wundervoll! Oh, wie ich Dich hasse!

– Verrate Dich doch nicht immer!

Sie machte die Türe auf.

– Du, Du, Agaj, warte ein wenig … Ich habe Dir etwas Interessantes zu sagen. Er lachte boshaft, ging auf sie zu und flüsterte ihr leise ins Ohr:

– Weißt Du, dass Du heute Nacht bei mir in meinem Bette lagst?

Sie stieß ihn zurück und verschwand.

Er wurde ganz ruhig.

Nun war Alles vorüber. Nun musste er nach Hause gehen. Und er konnte zu seiner Frau fahren, ohne Agaj ein Wort zu sagen.

Er trat auf die Straße.

Der Tag war zu Ende. Es war schon ganz dunkel, und aus dem Dunkel mühten sich die Glutaugen des elektrischen Lichtes hervor.

Menschen gingen in großen Scharen an ihm vorüber. Sie gingen wohl ins Theater.

Er lächelte.

Der Weg ging durch einen Park. Kein Mensch. Eine starre, öde Stille.

Er ging ganz langsam. In seinem Körper war wohl nicht ein Muskel, der ihn nicht schmerzte.

Plötzlich bemerkte er eine schwarze Masse, die auf ihn zuzugleiten schien, er sah nicht, dass sie ging.

Er blieb erstarrt stehen.

Die schwarze Masse war einen Schritt von ihm entfernt und blieb auch stehen.

In sinnloser Angst sah er hin.

Aus dem Dunkel quoll leuchtend ein Gesicht hervor mit grässlich verzerrten, entstellten Mienen und qualvoll aufgerissenen, blutigen Augen.

Das war er selbst!

Das Gesicht schien sich zu bewegen, es öffnete den Mund, bewegte ihn, einen Schrei hörte er gellen ...

Er stürzte sich in Wahnsinn auf den Andren los.

Aber die schwarze Masse schien zurückzuweichen und blieb wieder stehen.

Die Augen rissen sich noch weiter auf – über das Gesicht glitt ein höhnendes Grinsen.

Er wollte zur Seite weichen, der Andre verstellte ihm den Weg.

Die Augen sogen sich gierig ihm ins Blut – seine Augen. Sie starrten ihn an, dann sah er den Andren langsam näher rücken, noch näher, das Gesicht berührte fast das seine: Er schrie auf, schloss die Augen zu und fing an zu laufen, sein Kopf dröhnte, klopfte, barst: Er stürzte hin.

Als er zu sich kam, schleppt' er sich zu einer Bank und setzte sich hin.

Ein Paroxysmus von wüstester Verzweiflung raste durch seinen Körper.

Das ist Wahnsinn! zuckte es ihm durchs Gehirn.

Er fühlte den Andren hinter seinem Rücken.

Er stand auf und fing an zu gehen, sein Herz schlug nicht mehr. Die Verzweiflung kippte um in ein blödes, irres Brüten.

Er glaubte, Schritte zu hören. Es war da. Dicht hinter ihm.

Plötzlich verlor er das Bewusstsein. Er hörte nichts und empfand nichts mehr.

Als er nach Hause kam, setzte er sich im Speisezimmer vor den gedeckten Tisch, stützte seinen Kopf mit beiden Armen und verfiel in einen brütenden Halbschlaf.

– Wollen Sie etwas essen?

Er sah entsetzt auf, starrte lange gedankenlos hin, endlich erkannte er das Dienstmädchen.

– Wollen Sie etwas essen? wiederholte das Mädchen und sah ihn mitleidig an.

Er schüttelte den Kopf und starrte sie unaufhörlich an.

– Sie sind sehr krank, sagte sie endlich. Soll ich den Arzt holen?

– Den Arzt?

– Ja, den Arzt.

Er besann sich lange.

– Nein! Ich will nicht. Lassen Sie mich nur hier sitzen.

Aber sie ging nicht.

– Ich habe Angst, sagte sie nach einer Pause.

– Angst?

Sie nickte stumm.

Er raffte sich auf.

– Nein, nein! Haben Sie keine Angst. Man darf keine Angst haben.

Er faselte und betastete im Sprechen alle Gegenstände.

– Es ist die zweite Seele, die Angst hat, und ich liebe die Menschen, die eine zweite Seele haben.

Er fing an im Zimmer herumzugehen und sprach unaufhörlich.

Das Mädchen sah ihn mit steigendem Entsetzen an.

– Ihre Schwester war vor einer halben Stunde hier, rief sie in ihrer Angst.

Er horchte plötzlich auf.

– Meine Schwester?

Das brachte ihn wieder zur Besinnung.

Er setzte sich hin, aber von Neuem versank er in ein stumpfes Grübeln.

Plötzlich fuhr er wild auf.

– Ist hier niemand außer uns beiden?

– Nein, nein, stammelte sie und wich zurück.

– Aber hier – hier ... Sehen Sie nicht? Fühlen Sie nichts?

Er sprang hoch wie von einem Krampf emporgeschnellt. Seine Augen waren geschlossen.

Plötzlich riss er gewaltsam die Augen auf: Er sah das Mädchen totenblass sich an einem Stuhl halten.

Er empfand eine tiefe Scham, starrte sie lange an und versuchte, freundlich zu lächeln.

– Ja, ja, Sie haben recht. Ich bin krank. Vielleicht sehr krank ...

Er dachte lange nach.

– Vielleicht sollen wir an meine Frau telegraphieren, dass sie sofort kommen solle? …

Das Mädchen atmete glücklich auf.

– Ja, ja, tun Sie das nur. Schreiben Sie nur das Telegramm. Ich werde auf die Post laufen.

Sie lief umher und suchte nach Tinte.

– So. Hier ist alles … schreiben Sie nur schnell. Es ist bald zehn Uhr.

Da kam es ihm plötzlich vor, dass nun alles vorüber sei. Er fühlte sich mit einem Mal so klar und so stark.

Er war erstaunt über dies Wunder.

– Nein, nein, es ist nicht nötig, wir wollen noch bis morgen warten. Übrigens bin ich sehr müde. Ich werde mich jetzt schlafen legen. Ich fühle, dass ich sofort einschlafe.

In der Tür blieb er stehen.

– Wenn ich in der Nacht weggehen sollte, so ängstigen Sie sich nicht. Ich werde nämlich, wenn es schlecht geht, einen Arzt aufsuchen.

Er trat in sein Zimmer und setzte sich auf das Sofa.

Sein Gehirn war noch immer klar. Vielleicht war das mit dem zweiten Gesicht nur eine Fieberkrise, und jetzt würde er wieder gesund werden, dachte er.

Er grübelte.

Er erinnerte sich plötzlich an den Abend, an dem sein eignes Portrait einen so furchtbaren Eindruck auf ihn gemacht hatte.

Er wurde glücklich.

Diese Erinnerung rettete ihn. Alles wurde ihm klar: Im Unbewussten war der Eindruck stecken geblieben, und nun drang er nach Außen unter dem Einfluss des Fieberparoxysmus.

Ein jauchzender Jubel weitete sein Gehirn. Er hatte Lust sich auf die Knie zu werfen und Gott zu danken für die Erlösung.

Er ging ein paar Mal im Zimmer auf und ab.

– Gott! Was ist das? schrie er plötzlich auf.

Auf dem Schreibtisch lag ein Blatt Papier und darauf in flüchtiger, unsicherer Schrift ein Telegramm an seine Frau:

»Komm sofort. Es geschieht etwas Furchtbares mit mir!«

Es war seine eigne Schrift.

Eine dumpfe tierische Angst wirbelte in ihm auf: Er hatte die ganze Zeit nicht ein Wort geschrieben. Er wusste genau, dass er eine Feder nicht angerührt hatte.

Er sank hin, aber immer wieder musste er auf das entsetzliche Blatt hinstarren.

Kein Mensch außer ihm konnte es geschrieben haben. Das war seine eigne Schrift.

Da fingen plötzlich die Buchstaben an, sich zu rühren, sie lösten sich von dem Papier los, sie wurden lebendig, schwirrten vor seinen Augen in irren Kreisen, alles um ihn fing an, sich zu bewegen: Er warf sich lang auf die Erde und vergrub das Gesicht in den Händen. Seine Seele kauerte: Jetzt wird es kommen. Er fühlte sich eingeengt, die Wände rückten näher, alles im Zimmer schob sich ihm näher, umstellte ihn, versperrte ihm den Ausgang. Er kroch eng in sich zusammen.

Vor seinen Augen stieg das furchtbare Portrait auf, es wuchs über den Deckel hinaus, schon schielte es aus dem Buch hervor, schon zwinkerte es boshaft mit den Augen.

Er sprang auf: Vor ihm stand er selbst. Das Gesicht war schmerzzerfurcht und die blutigen toten Augen starr auf ihn gerichtet.

Er war wie eingewurzelt in den Boden.

Da sah er sein Gesicht zucken, alle Muskeln liefen, alle Fibern klopften, die Zähne schlugen hörbar aneinander, die Augen schlossen sich krampfhaft und rissen sich wieder weit auf: er stürzte aus dem Zimmer, als wäre er von tausend Furien gepeitscht, lief über die Straßen aufs Feld, weiter noch in den Wald hinaus: Er stürzte zusammen.

– Was nun? Was nun? zuckte es unablässig in seinem Gehirn, da verlor er die Herrschaft über sich, vergrub sich in das feuchte Moos, tiefer noch, er verscharrte sich in die weiche Erde: Nun war er geborgen!

Er lachte in heißem Triumph, dann schrie er mit allen Kräften auf: Er hörte sich, er fühlte auch einen heftigen Schmerz in der Lunge: Er besann sich lange auf sich selbst. Ja, er hatte geschrien! Er versuchte, die Ursachen seines Lungenschmerzes herauszufinden …

Da rüttelte sich sein Gehirn auf. Er setzte sich hin und dachte nach. Jetzt fühlte er nichts mehr: nur eine weite, blöde Ruhe. Er suchte sich Rechenschaft über seine Gedanken zu geben, er fühlte etwas mühsam in seinem Gehirn arbeiten: Er wusste nicht, worüber er dachte, er suchte sich qualvoll darauf zu besinnen, aber vergebens.

So saß er in einer stumpfen Resignation. Er wusste nicht, wie lange er so saß.

Plötzlich fühlte er Fieberfrost, so heftig, dass er seinen Körper nicht bemeistern konnte, er drohte auseinander zu fallen.

Er stand auf, fing an zu laufen und schlug den Körper mit den Armen, so hatte er immer als Knabe getan, wenn ihn gefroren hatte.

Dann lief er wieder im Kreise herum und schlug dabei immer mit den Armen auf die Brust.

Mit einem Ruck blieb er stehen.

Das Kind! Mein Kind! schrie er auf. Mein Kind wird mich retten, es wird mich retten – mein Kind, mein Kind, mein Blut!

Er horchte: eine öde, taube Stille.

Wo war er? wo war er nur?

Angst packte ihn.

Er lief auf das freie Feld hinaus.

Ein blutiger Schein am Himmel! Der Himmel brennt, zuckte es ihm durch den Kopf. Götterdämmerung! Jetzt wird der Menschensohn heruntersteigen, um das Gericht zu halten.

Er stand und starrte unablässig nach dem Feuerschein am Himmel.

Eine Erinnerung mühte sich qualvoll aus der Nacht seiner Seele.

Er atmete glücklich auf: Dort lag die Stadt. Und dies da am Himmel – das ist ja der Schein des elektrischen Lichtes.

– Mein Kind, mein Weib, meine Erlösung! fuhr es ihm wieder durch das Gehirn.

Er schnellte auf. Eine unerhörte Energie ergoss sich über seinen Körper. Er schritt mit weiten, triumphierenden Schritten der Stadt zu.

Oh, er kannte seine Erlösung, er kannte die Sonne, die in seinen Wahnsinn mit reinigender Macht hinabtauchte.

Plötzlich packte ihn ein furchtbares Grauen: Gott! Allmächtiger Gott, wenn sie nicht da ist?

Er fing an zu laufen, er vergaß seinen Körper. Er selbst war nur ein großes, klopfendes Herz, er fühlte es den Boden berühren und in wilden Sprüngen aufschnellen; er kam in die Stadt.

Da schlich er langsam wie ein Dieb: Er fühlte, dass sein Ende komme, wenn sie nicht da sei.

Schließlich kroch er fast. Er wagte nicht, an das Denkmal heranzukommen: Er sah es in dumpfer Stille aufragen, kalt, grausam wie sein Schicksal, er sah es sich in einen großen Dunstkreis auflösen, der zu schwirren und zu kreisen anfing, er fühlte den Boden sich um ihn drehen, heftiger, schneller noch, er taumelte … da plötzlich: Aus den kreisenden Dunstringen quollen ihm zwei Augen.

Eine unermessliche Freude zerriss ihm mit flackerndem Licht das Gehirn: er klammerte sich um ihren Arm, er presste sie an sich, zerrte an ihr, streichelte, liebkoste sie und lachte in irrer Seligkeit.

Nun war alles Furchtbare versunken und vergessen: Er hielt sie fest, er wagte nicht ihren Arm loszulassen.

– Ich habe gestern auf Dich gewartet, die ganze Nacht, sagte sie leise.

Er zitterte und konnte kaum gehen: Die Freude hatte ihn gelähmt.

– Jetzt bin ich erlöst. Durch Dich – durch Dich! Er kicherte. Ich hätte heute sterben müssen, aber jetzt bin ich erlöst. Du hast mich wiedergeboren, sagte er grübelnd.

Sie sprach etwas.

– Ein Vampir? hörte er heraus.

Er blieb erschreckt stehen.

– Aber weißt Du nicht, dass wir nur durcheinander wiedergeboren werden? sagte sie geheimnisvoll.

– Du – Du ... auch? stammelte er.

Sie antwortete nicht.

– Bist Du hier? Hier? fragte er entsetzt. Er betastete sie mit der Hand.

– Bist Du da? fragte er wieder.

Er fing an zu stottern und zu zittern.

– Ja, ich bin hier. Ich fasse jetzt Deine Hand. Fühlst Du sie? Oh, wie Deine Hand brennt!

Er beruhigte sich.

– Bist Du Agaj? fragte er nach einer Weile.

– Ist das Dein Vampir?

Er nickte stumm.

– Du bist nicht Agaj? fragte er wieder nach einer langen Pause.

– Nein!

Endlich kamen sie an.

Diesmal kam es ihm vor, als ob sie durch eine endlose Flucht von Korridoren gingen, durch eine trostlose, verlassene Öde von Zimmern. Er hörte das leise Echo seiner Schritte, wie ein rhythmisches, taubes Herzklopfen.

– Ich habe nicht Angst! sagte er plötzlich.

Eine lange Zeit verging.

– Hier! sagte sie endlich.

Er atmete auf.

– Oh! Ich bin so fürchterlich müde! Er konnte nicht unterscheiden, war es seine, war es ihre Stimme?

Er fing an zu zittern.

– Ich bin bei Dir! Sie hielt seine Hand fest.

Nie hatte er eine so dunkle Stimme gehört. Das war Agajs samtdunkles Fleisch.

Sein Herz krampfte sich zusammen.

– Sprich, sprich zu mir! er presste ihre Hand.

– Du bist so krank, Du bist so krank, wiederholte sie leise und presste ihre Wange an seine.

So saßen sie lange, lange auf dem Rand des Bettes.

Er wurde ruhig und weich wie ein Kind.

– Wie gut Du bist! Wie unendlich gut! flüsterte er auf ihre Lippen.

– Jetzt leg Dich hin. Ich werde bei Dir schlafen. Ich werde Dich halten. Sieh', sieh', Du bist jetzt so ruhig, Dein Fieber ist weg.

Sie entkleidete sich und legte sich neben ihn.

– Ich werde Dich in meine Haare einwickeln, flüsterte sie und machte ihr Haar auf ... Mein Haar ist so lang, es reicht mir über die Knie ...

– Dein Haar ist weich wie Seide! Oh, viel weicher noch.

– Ist Dein Haar schwarz? fragte er nach einer Pause.

– Nein!

– Sind Deine Augen schwarz?

– Nein!

– Sie schwiegen lange.

– Ich werde Dich auf Deine Brust küssen, sagte sie plötzlich. Deine Brust glüht, und meine Lippen sind so kühl.

Sie küsste ihn.

– Noch, noch! bat er flehend.

Sie küsste ihn über die ganze Brust, dann verschränkte sie ihre Hände um ihn, das Haar ergoss sich in seidener Flut über seinen Körper, sie legte ihren Kopf an seine Brust.

– Du wirst nicht von mir gehen? fragte sie ängstlich.

– Nein, nein ... oh', jetzt ist alles vorüber.

*

Nun war es wohl Mittagszeit. Er fühlte, dass er jetzt endlich werde etwas essen können. Das machte ihn glücklich. Nun war er auch Agaj los.

Er lächelte. Er lächelte jetzt immer still und geheimnisvoll.

Es klingelte.

Er schrak empor und begann zu zittern.

Das war sie! Ja, sie! Er fühlte sie.

Agaj trat ein. Ihr Blick fraß sich ihm ins Mark.

Sie setzte sich ihm gegenüber und sagte lange kein Wort.

Plötzlich warf sie den Kopf auf und sagte höhnisch:

– Wo hast Du Dich denn gestern vor mir versteckt?

– Ich habe mich gar nicht versteckt, sagte er ruhig. Ich wollte Dich einfach nicht mehr sehen.

Er erschauerte. Aus der Hölle der abgründigen Augen dieses Weibes schoss ein kranker Hass hervor.

– Du warst die ganze Zeit bei dem Mädchen! Er glaubte ein Knirschen zu hören ... Du warst bei ihr die ganze Nacht und gestern ... sie brach plötzlich ab.

– Ja, ich war bei ihr. Er lachte boshaft. Berührt Dich das eigentlich? Ha, ha, Du bist ja eifersüchtig.

– Ich erlaube Dir nicht, ich will nicht, dass Du ein fremdes Weib berührst, ich will es nicht, verstehst Du, ich will es nicht!

Sie schrie es mit kurzen, gedämpften Schreien.

Er ließ den Kopf sinken und stützte ihn mit beiden Händen.

– Meine Seele ist scheu und schamhaft, sagte er langsam und sehr leise. Du hast sie scheu gemacht. Du warst roh ... sieh, ich bin einmal auf der Straße gegangen, und da fühlt' ich mich nur als ein großes klopfendes Herz. Das ist ein Symbol für mein ganzes Wesen. Ich bin auch in Wirklichkeit nur ein großes klopfendes Herz. Und dieses Herz hat eine entsetzliche Scham. Die Scham ist das kalkige Gehäuse, in das sich ein solches Herz für immer wie eine Schnecke verkriechen kann. Die Scham macht kalt und scheu und hat Ekel vor den Menschen. Jetzt fühl' ich kein Herz mehr, es ist verborgen, es schrumpft zusammen, es verkroch sich in dem Kalkgehäuse ...

Er sah zu ihr auf. Er glaubte in ihren Augen große Tränen zu bemerken. Er war nicht sicher.

Wieder ließ er den Kopf sinken.

– Sieh' jetzt zum Beispiel. Ich glaube, ich habe Tränen in Deinen Augen gesehen, aber selbst meine Scham ist scheu, sie glaubt nicht an Deine Tränen.

Da sank sie ihm plötzlich zu Füßen. Sie fasste seine Hände und küsste sie in einer Tollwut von Leidenschaft.

Sie wühlte ihn auf mit ihrer heißen Gier, mit den bettelnden Küssen, seine Leidenschaft kroch wieder hervor, drängte sich wütend in jeden seiner Nerven.

Aber er beherrschte sich mit einer unnatürlichen Macht und entzog ihr leise seine Hände.

Da warf sie sich auf ihn, klammerte sich an ihn, biss sich in ihm fest, erstickte ihn mit ihrer kranken Raserei.

Es schwindelte ihn. Kopfüber stürzte er sich in diese Hölle von Glück und Grauen.

– Du – Du liebst mich? stammelte er mühsam.

Sie hing an seinen Lippen. Sie sog an ihnen, sinnlos, gierig, sie konnte sich nicht sättigen.

Da sprang sie plötzlich auf, sie kochte vor Wut.

– Du bist ja kalt, kalt! ... Man muss Dich erobern ... Ihre Stimme bebte und war heiser. Ha, ha ... wir haben die

Rollen vertauscht. Du bist jetzt ein Weib. Ha, ha, ha ... es ist wohl pikant, sich einmal als Weib zu fühlen? ...

Sie biss ihn mit dem ätzenden Hohn. Er starrte sie an, dann wurde seine Seele stumpf. Er sah sie nur dastehen mit dem breiten, gespreizten Hohn.

– Und, und ... sie stockte ... Was hab' ich mit Dir zu tun? Geh' doch zu Deinem Mädchen, schrie sie rasend auf.

Er bemerkte plötzlich, dass sie ein graues Kleid anhatte.

– Warum hast Du nicht Dein schwarzes seidenes Kleid an?

Sie sah ihn erstaunt an. War er wirklich krank? Spielte er Komödie?

– Das reizt Dich zu sehr auf, sagte sie endlich frech. Du darfst Dich nicht aufregen. Deine Nerven sind zu schwach für den sexuellen Erethismus, in dem Du ewig lebst. Das reibt Dich auf.

Er sagte kein Wort.

Sie schwiegen lange.

Plötzlich stand sie auf und trat dicht an ihn heran.

– Du kommst heute um zehn Uhr abends zu mir, sagte sie scharf. Die Mutter ist verreist.

– Ich komme nicht! fuhr er rasend auf.

– Du kommst! wiederholte sie lächelnd.

Eine Tollwut kam über ihn.

– Ich schwöre Dir, dass ich nicht komme, schrie er heiser auf. Ich schwöre! er stampfte mit den Füßen.

– Du kommst! sagte sie sehr ernst.

Die Wut zersprengte ihm sein Gehirn. Er hatte eine tierische Lust, dies Weib zu morden. Es schrie etwas in ihm dies Wort: Morden! Die Sinne vergingen ihm. Ein Schwindelgefühl wirbelte wie ein feuriges Feuerscheit in seiner Seele. Er ballte die Fäuste und ging auf sie zu.

– Du wirst heute um zehn Uhr zu mir kommen, sagte sie leise und ging aus dem Zimmer.

– Ich werde nicht! brüllte er auf und warf sich auf den Boden. Die Seele war ihm aufgerissen und blutete aus tausend Wunden. Er wälzte sich auf dem Boden und vergrub in wütender Ohnmacht seine Hände in den Teppich.

Mit einem Mal entdeckte er ihn wieder, ihn – sich selbst.

Sein Blut stockte, er fühlte ein Stechen und Prickeln in den Haarwurzeln, er war gebadet in Angstschweiß.

Er kroch wie ein Tier auf Händen und Füßen in eine Ecke und starrte unverwandt hin: dies grässliche verzerrte Gesicht! Sein eignes Gesicht.

Er schloss die Augen und drückte sich krampfhaft an die Wand.

– Jetzt würde er es nicht mehr los werden. Er musste sich daran gewöhnen.

Er fing an, lange und leise vor sich hin zu stammeln.

Er wurde plötzlich neugierig auf sein Gesicht, er machte die Augen auf: Es war verschwunden.

Aber er fühlte es um sich. Es war da. Es füllte das ganze Zimmer. Er war wie eingehüllt in sich selbst.

Eine unendliche Verzweiflung senkte sich ihm langsam fressend und zerstörend in die feinste Pore seines Organismus.

Da schnellte er auf und fing an wild zu lachen. Sein Lachen kreilte ihm wie ein tierisches Wiehern in den Ohren.

– Gut, gut, ich habe nichts dagegen, durchaus nichts dagegen. Jetzt werd' ich nie mehr einsam sein. Immer Gesellschaft, immer Gesellschaft! In meiner eigenen Gesellschaft! He, he ... kann ich eine bessere bekommen?

Mit einem Ruck wurde sein Gehirn gelähmt. Sein Bewusstsein schwand.

Als er aufwachte, war es dunkel im Zimmer.

Er sprang auf in wilder Hast. Es war schon halb zehn. Ohne eine Sekunde zu überlegen, lief er zu Agaj.

Vor dem Hause blieb er stehen und lächelte. Er sprach sehr freundlich mit sich selbst und ging hinauf.

Sie stand zitternd vor der Tür.

Er sah alles mit einer übernatürlichen Deutlichkeit. Hektische Flecke glühten auf ihren Wangen: Sie waren eingefallen. Sie atmete unruhig, sie rang nach Atem. Sie stand vor ihm in einem schwarzen seidenen Ballkleide, auf den nackten Armen hatte sie lange rote Handschuhe, die über die Ellenbeuge reichten.

– Sieh', sieh' mich an. Ich habe mich für Dich geschmückt. Du liebst mich so, sag' es, sag'!

Sein Gehirn kam in einem Nu ins Gleichgewicht. Er fraß an diesem schlanken Leib.

– Wie schlank Du bist, murmelte er leise. Wie ein Panther ... wie ein glänzendes, geschmeidiges Tier ... Und wie Du Dich bewegst! ...

– Küss mich hier – hier! Sie zeigte auf den nackten Arm. Du hast seit zehn Jahren meine Arme nicht nackt gesehen.

Sie lachte hysterisch.

– Ich gebe Dir heute das Abschiedsfest. Ich reise heute Nacht weg, weit weg aufs Meer.

– Aufs Meer? wiederholte er dumpf. Es kam ihm so selbstverständlich vor, dass sie aufs Meer wollte.

– Komm, komm, setz Dich! Hier ist viel, viel Wein! Wir werden trinken heute ...

Sie lachte lange, dann beugte sie sich zu ihm, legte den Kopf auf seine Brust und flüsterte leise:

– Ich gebe auch mir das Abschiedsfest. Ich komme nie wieder zurück ... Gib, gib mir Deine schmalen Knabenhände, Deine teuren, goldnen Hände ... Oh, wie ich sie liebe! Sieh ich bin Deine Agaj, – die Agaj, die Dir wie ein Hund folgte, die sich wie eine Katze an Deinem nackten Leibe rieb ... Ich – ich fühle Dich so deutlich hier, hier, an meinem ganzen Körper fühl' ich Dich ... Und meine Seele ist so stolz ... Nie sah ich einen Mann außer Dir. Ich weiß nicht, wie sie aussehen. Es kamen so viele her, aber ich wusste nicht, dass sie Männer sind – das waren Hunde, Gegenstände, geschlechtslose Neutra. Nur Du – Du immer vor meinen Augen, immer um meinen Leib ... Und sieh, meine ganze, unbefleckte Seele, sie gehört Dir, immer hat sie Dir gehört ... Nicht eine Sekunde schlich sich dahinein der Gedanke an einen Anderen ... Bist Du nicht stolz auf eine solche Seele? Bist Du nicht stolz auf einen solchen Besitz? Ich bin an Dir emporgewachsen – in der schwülen Treibhaushitze Deines Leibes, Deiner Seele, Deines Pulsschlags bin ich groß geworden ... Ich atmete Dich, ich ging wie eingewickelt in Dich ... Du, Du ... mein Blut, mein Mann Du!

Sie wühlte sich mit ihrem Kopf in seine Brust, dann lachte sie still auf.

– Aber trink, trink doch! ... Was meinst Du, wenn wir uns heute ganz und gar betränken? Sie kicherte vergnügt, wie ein Kind. Erinnerst Du Dich, wie wir einmal bei unserem Onkel waren, und uns in seinem Weinkeller einschließen ließen? Gott war das furchtbar! Wie?

Sie tranken sich zu und leerten die Gläser, dann nahmen sie sich an den Händen.

– Agaj, Agaj, – ich kenne Dich nicht wieder. Du bist, wie Du früher warst ...

Sie starrte wie abwesend vor sich hin.

– Du, du ... sagte sie leise. Jetzt sind wir wieder eingeschlossen in einem dumpfen Keller ... Huh, wie grausig!

Sie kicherten beide.

– Und Du – Du, mein Liebling ... Huh, huh, die Nacht, die Nacht! Hörst Du die Eulen? Hörst Du die Fledermäuse gegen die Fenster schlagen? Und die grässlichen Kröten, die im Keller herumkriechen ...

– Hu, hu, kicherte er irrsinnig.

– Sind wir vielleicht beide wahnsinnig? fragte sie plötzlich ängstlich ... Aber das ist ja jetzt gleichgültig ... Du, Du, küss mich hier ... sie knöpfte hastig ihre Taille auf ... Das hast Du einmal vor zehn Jahren getan. Das gießt sich wie flüssiges Feuer über den ganzen Körper. Die Schauer kriechen wie lange, kalte Schlangen über den Leib ...

Sie verstummte und zitterte heftig. Er küsste sie mit kranker Leidenschaft auf ihre Brust.

– Noch mehr! Sie war ganz von Sinnen.

Er zerriss ihr Hemd und sog an ihrer Brust.

Sie zuckten. Eine zerstörende Wollustekstase riss ihnen die Nerven entzwei.

Sie schrie plötzlich leise auf.

– Lass, lass, keuchte sie heiser. Mein Kopf birst ...

Sie warf sich von ihm weg, aber im nächsten Moment setzte sie sich wieder dicht an ihn heran.

Sie nahm seinen Kopf in beide Hände, drückte ihn fest an ihre Brust und flüsterte ihm leise ins Ohr:

– Wenn wir jetzt stürben ...

Aber im selben Nu rückte sie wieder von ihm weg und lachte.

– Oh Du! Du! Warum sagst Du mir jetzt nicht, dass ich sentimental bin? Du hattest jetzt eine so prachtvolle Gelegenheit, Dich an mir zu rächen. Oh ja, Du verschmähst es – Deine Seele ist groß und schön. Ich liebe Deine Seele, ich liebe die tiefe Schwermut Deiner Seele, ich liebe die Tiefe und den Abgrund in Dir. Alles wächst zu einem endlosen Abgrund in Dir, Alles in Dir wird so furchtbar tief und schmerzhaft. Du bist mir so heilig mit Deinen Visionen. Sag, sag, hast Du oft Visionen? Du, Du bist der Einzige, der Qual und Schmerz in sich hat! Und Du wehrst Dich nicht dagegen, Du wehrst Dich nicht gegen den Schmerz, Du liebst ihn auch, wie ich ... Oh, lass, lass mich Alles sagen. Ich habe so gedürstet, ich habe so gelechzt, Dir dies Alles zu sagen ... Ich liebe Dich, weil es Dich ekelt vor Glück ... Ich liebe Dich, weil

Du die Vernunft hassest und Dich tausendmal lieber in den Abgrund stürzest ...

Sie hing sich ihm um den Hals und rieb langsam ihr Gesicht an dem seinen.

– Und Du liebst mich jetzt. Ich fühle, wie grenzenlos Du mich liebst. Deine Seele klopft mir entgegen, Dein Blut fließt in meine Adern über, und Dein Geist strömt in mich über, Dein Geist mit der ganzen Hölle von Schmerz, mit der abgründigen Tiefe von Qual. Hörst Du mich sprechen? Hörst Du Dich in mir sprechen? Du hast mich sprechen gelehrt, Du hast Deine Worte in meine Seele gepflanzt ...

Sie wiegte sich leise an seinem Körper.

– Und ich hasse die Vernunft. Ich habe keine Vernunft. Ich habe Ekel vor der niedrigen bürgerlichen Vernunft, die den Schmerz wie die Pest fürchtet ... Kleine, besorgte Bürgerfrauen, kleine Bürgerfräulein haben Vernunft ... Oh, wie sie vernünftig sind! ...

Sie kicherte leise.

– Nicht wahr? Kleine Bürgerfräulein, die in kleiner, enger, vernünftiger Atmosphäre aufgewachsen sind, die müssen wohl vernünftig sein ... Ha, ha, ha ... Aber ich bin das Kind Deines Geistes ...

Sie waren Beide wie verzückt. Sie kamen in einen Zustand von einer visionären, somnambulen Ekstase, ihre Seelen wogten ineinander über.

Sie schwiegen, eng aneinander gepresst.

– Oh, ich hätte es nie gedacht, dass es so unendlich gut ist in Deinen Armen ...

Wieder Schweigen.

Plötzlich rückte sie von ihm weg.

– Du – Du ... warst Du wirklich bei dem Mädchen?

– Wie?

– Warst Du bei ihr?

Er raffte alle seine Kräfte zusammen ...

– Nein!

– Du lügst, sagte sie traurig ... aber ich bin schuld daran ... war ich roh zu Dir?

– Nein, nein ... Nein, Du warst es nicht ... Du bist mein, Agaj ... Du ... Du ...

Er sank an ihr nieder und küsste ihre Füße.

Sie nahm ihn auf, hielt seinen Kopf in den Händen und sagte wie irrsinnig:

– Das ist das Ende vom Liede ...

– Das ist das Ende vom Liede, wiederholte er.

Lange Pause.

– Aber nicht zusammen ...

– Wie?

Sie lächelte irre.

– Nicht zusammen ... Verstehst Du mich nicht?

Er dachte nach.

– Warum nicht?

– Wir würden einander stören.

– Ja.

Lange Pause.

Sie fuhr auf.

– Nein! wir wollen nicht traurig sein! Trink, trink!

Sie tranken hastig.

Und wieder saßen sie lange, dicht aneinander gekauert.

– Hör' Agaj, gibt es keinen Ausweg?

– Nein! Jetzt nicht mehr.

– Und … und, wenn wir Beide wegfahren und, – wenn Alles wie ein Alp abgeschüttelt ist? …

– Ich kann nicht Dein sein!

– Warum nicht?

– Ich weiß es nicht … Nein, es geht nicht … Sprich nicht darüber, es ist nutzlos, sagte sie müde.

– Ist es Vernunft?

– Nein, nein! Ich habe Ekel vor der Vernunft. Es ist etwas, was ich nicht kenne. Ich sehne mich bis zum Wahnsinn nach Dir … Du bist der größte Mensch, den ich kenne, Du bist mein größter Künstler, und ich würde mit Freude Deine ganze herrliche Menschlichkeit, Deine ganze gewaltige Kunst für ein Stück Deiner nackten Haut geben … Sieh, sieh meine Arme, sie sind so schmal, aber sie haben Muskeln von Stahl … Wie oft hab ich Dich nicht mit diesen Armen in meinen Nächten umfasst und an mich gepresst! … Sieh meinen schmalen Körper, wie oft hat er sich nicht über den Deinen gewunden! … und, und … sie stotterte verwirrt … im letzten Momente trennt uns etwas, reißt uns auseinander … Das ist wohl dasselbe Blut … Fühlst Du es nicht?

– Ja, jetzt fühl' ich es.

Sie raffte sich plötzlich zusammen.

– Ja, Du, Du ... Lach' doch!

Er lachte.

– Sind wir verrückt? fragte sie.

– Ja.

Ihre Hände verflochten sich krampfhaft. Ihre Gesichter verzerrten sich schmerzhaft.

– Geh, geh, flehte sie schluchzend. Der Wahnsinn kommt, der Wahnsinn kommt ... Geh, geh!

– Ich bleib' bei Dir! sagte er hart.

Sie starrte ihn in entsetzlicher Angst an.

– Dein Wille schwillt ... sie kam in eine furchtbare Erregung. Dein Wille schwillt so grässlich an. Jetzt bekommst Du Macht über mich ... Du bist so grässlich stark ... Geh, geh ... mein Kopf kracht und meine Brüste glühen ... Feuer in meinem ganzen Körper.

Sie sank an ihm nieder und umklammerte seine Beine.

Seine Seele brach plötzlich in einer stumpfen Verzweiflung. Das Empfinden hatte sich von seinem Willen losgelöst, er wurde machtlos. Eine dumpfe öde Leere gähnte in seinem Gehirn.

Sie setzte sich auf seinen Schoß, lehnte ihren Kopf an seine Brust und weinte.

Dann nahm sie seinen Kopf, küsste ihn auf den Mund, auf die Augen und sah ihn fortwährend an mit einem Blick, in dem die Verzweiflung in ein brütendes Jenseits vom Schmerze zerbrochen war.

– Jetzt geh, geh!

Er erhob sich mechanisch. Seine Seele war taub.

Sie führte ihn ans Fenster.

– Sieh das Meer! Wie gut wäre es, mit Dir da unten zu liegen – in Deinen Armen, Deinen Armen ... aber ich liebe Deine Frau. Sie würde den Schmerz nicht überleben ... nein, nein! es müsste furchtbar sein, mit diesem Schmerz an Dich zu denken. Ich muss allein.

– Ja, sagte er nachdenklich.

Sie führte ihn hinunter. Sie traten in den Garten.

Sie blieben stehen.

Plötzlich stürzte sie sich auf ihn, sog sich tief in seinen Hals, biss sich mit den Zähnen fest und riss ihm die Haut auf.

Er stöhnte leise.

Er hörte, dass die Tür zugeworfen wurde, er fühlte einen heftigen Schmerz, er griff mit der Hand nach dem Hals: Seine Hand wurde blutig.

Er lächelte.

Sein Gehirn war leer.

Er ging mit weiten, festen Schritten.

– Sie wartet auf mich am Denkmal, schoss es ihm durchs Gehirn.

Er machte eine weite abwehrende Handbewegung und lächelte wieder.

Über seine Seele ergoss sich ein stiller, endlos weiter Triumph.

*

Als er nach Hause kam, machte er mechanisch das Fenster auf, setzte sich auf das Fensterbrett und starrte in die Tiefe.

Jemand ging mit einer Laterne über den Hof.

Das Licht, dies taube Irrlicht in der Tiefe interessierte ihn sehr.

Der Andre war im Zimmer. Er sah ihn grinsen, er sah das fürchterliche, verzerrte Gesicht. Aber er hatte keine Angst mehr. Er zuckte verächtlich mit den Achseln.

Und wenn ich mich in tausend Ichs spaltete, würd' ich doch allein bleiben. Agaj ist ja nicht mehr.

Da ist das Meer – und da unten dieser steinige, gepflasterte Abgrund.

Er wich unwillkürlich zurück und machte Licht an.

Ein Brief auf dem Tisch. Er riss ihn auf. Von seiner Frau.

»Mein Gott, was ist mit Dir? Warum schreibst Du nicht ein Wort? Ich sterbe hier vor Angst um Dich.«

Er lächelte und küsste dreimal den Brief. Dann setzte er sich aufs Bett.

Er empfand wieder einen brennenden, stechenden Schmerz. Er ging an die Waschtoilette und wusch sich die Wunde aus. Sein Rock war über und über blutig.

Er nahm ihn ab. Das sah ekelhaft aus. Dann löschte er das Licht und legte sich aufs Bett.

Plötzlich fühlte er wieder den Menschenknäuel sich heranwälzen. Langsam, wie ein kauerndes Gebetmurmeln. Es kam näher, es schwoll an, wie ein irres Stammeln, dann ging es wie ein röchelnder Marterseufzer durch die Luft.

Und jetzt wieherte es gell auf, ein höllisches Hohngelächter zerriss die Luft, schwoll an, ballte sich zusammen, wirbelte sich in die Tiefe und schoss dann mächtig, jäh empor in einem schreienden Würgegesang:

De profundis ...

Es war wie eine tollgeword'ne Qual, die die mageren, knochigen Hände aus den Gelenken emporwarf und nach Erlösung schrie.

Und plötzlich, langsam hob sich ein Weib empor in weitem, scharlachrotem Mantel, sie wuchs empor hoch über das ganze Erdenall, auf dem schmerzverzerrten Gesichte ein ödes, versteinertes Lächeln.

Und da sah er den Knäuel sich lösen, einen Strom von Menschen sah er sich rings um das Weib gießen, Menschenpaare in ekelhafter Kopulation mit verrenkten Gliedern, schmerzhaft ineinander verflochten und verwachsen. Er hörte ein tierisches Gewieher, berstend in geschlechtlicher Qual, er sah Gesichter verzückt in tollen Wollustorgien, Leiber sah er, zerfressen von Gift, mit eklen Wunden bedeckt, und unten, ganz unten sah er sich selbst mit blutiger, zerquetschter Stirn, mit geballter Faust, zerrissen von einer Verzweiflungsagonie und schreiend, mit berstender Lunge emporschreiend ...

Und aus den lechzenden, gierigen Schreien, aus dem Schmutz und Ekel der geschlechtlichen Orgie, aus all der verreckenden Qual löste sich von Neuem der wahnsinnige Schicksalsgesang von Menschen, die unwissend aufeinandergeworfen, aneinander gekettet werden, Menschen, die ineinander wachsen und sich nicht lösen können: ein wirbelnder Sturm von Verzweiflungsschreien:

De profundis ...

Er sprang aus dem Bett.

Noch klangen die letzten Töne in seinen Ohren. Sein Gehirn war wirr, vergebens versuchte er, einen Gedanken zu fassen.

So saß er lange regungslos.

Das erste Morgengrauen fraß mühselig an dem Dunkel des Zimmers.

– Aber, mein Gott, wo bleibt denn Agaj? fuhr es ihm plötzlich durch den Kopf.

Er stand auf und blieb mitten im Zimmer stehen.

Ah, Agaj hat sich sicher im Garten versteckt, hinter der alten Pappel ... Sie versteckt sich immer hinter dieser Pappel.

Er kicherte und schlich leise auf den Zehen ans Fenster.

Nun muss ich ganz leise die Verandatür aufmachen ... He, he ... Sie hat sich hinter dem Garten versteckt ... Sie hat sich auf das Meer versteckt ... Sie ist selbst das Meer ... Aber ich werde sie schon finden ...

Nur leise, leise ... sonst entflieht sie mir ...

Er kroch auf die Fensterbrüstung.

– Ich werde sie schon finden ... Nur ganz leise ... Oh ... da ... da ist sie ...

Er stand im Fenster mit weit vorgestreckten Armen.

Agaj! schrie er lachend auf.

Er stürzte in die Tiefe.